ぬれぎぬ

大江戸けったい長屋 4

二見時代小説文庫

目次

ぬれぎぬ――大江戸けったい長屋4

第一話　真昼の幽霊

一

文久《ぶんきゆう》四年の年が明け、十日も過ぎたころのこと。

その日の昼ごろ、けったい長屋の住人吉兵衛《きちべえ》のもとを訪れてきた一人の女がいた。齢《とし》のころは、二十代も半ばにも見える。痩せぎすで、水向きの匂いが漂い、妙に色香を仄《ほの》めかした女である。だが、どことなく影が薄くも感じる。

そんな女が吉兵衛になんの用事があるのだろうと、その場に居合わせた長屋のかみさん連中は、見るともなく目を止めたものだ。それは好奇の目というよりも、お年寄りを護ろうとする、お節介の眼差《まなざ》しともいえる。

巷《ちまた》では、老齢の独り身男に近づき、財産を巻き上げようとする不届きな女がいると噂されている。そんな輩《やから》が吉兵衛に近づいてきたと注意を向けるも、よく考えれば取り越し苦労ともいえる。

裏長屋に住む吉兵衛に、それほどの財産があるとは思えぬからだ。だが、住民みなして、そのような災難から護ろうと助け合う精神がこの長屋には宿っている。けったいなほどのお人好しが住むところから、いつしか『けったい長屋』と呼ばれるようになった。

吉兵衛とは、菊之助《きくのすけ》とは一軒間を置いた隣に住む、例の耳の遠い爺《じい》さんのことである。齢《とし》は六十を少し超えたあたりだが、正確なところを知る者はいない。いつぞや誰かが吉兵衛に齢を訊ねたが、五十を過ぎたあたりから数えるのを止めたとの答が返った。

この時代、六十歳といえばかなりの老齢である。

その吉兵衛が長屋の住人になったのはおよそ七年前で、九年前に起きた安政《あんせい》の江戸地震で潰《つぶ》れた長屋が建て替えられてすぐのことであった。なので、今住む住人の中では最古参といえ、吉兵衛の昔を知る者は、けったい長屋の中には誰もいない。

先代の親が亡くなりその跡を継いだ大家《おおや》の高太郎《たかたろう》でさえ、吉兵衛が移り住んだときの経緯《いきさつ》を知ってはいない。ただ、これまで一度も問題を起こさず、家賃の滞納もない優良な店子《たなこ》であることは高太郎も認めている。

人柄はすこぶる温和で、他人には親切で施《ほどこ》しをよくする男であった。

『――であった』と過ぎたことのように語るのは、この二、三年の間に耳がすっかり遠くなり、体中の節々が痛み出し、外に出るのも億劫《おっくう》になり、日がな一日を家の中で過ごすという、そんな生活に変わっていったからである。

誰かが世話をしてあげないと、吉兵衛の暮らしが成り立たない。近ごろの、吉兵衛の衣食住の賄《まかな》いは、長屋の連中が協力しておこなっている。無下《むげ》に他人の詮索などしないのも、けったい長屋の住人である。

女は長屋の木戸を潜《くぐ》ると、吉兵衛の居所を誰に訊《たず》ねることもなく、真正面を見据えて戸口の前に立った。

「ごめんなさいよ」と女は声を飛ばし、そして障子戸に手をかける。中からの返事を聞かずに、女は戸口の障子戸を開けた。初めて訪れてきたにしては、ずいぶんと馴れ馴れしい仕草である。

その様子を、訝《いぶか》しがる目が向いている。井戸端で、牛蒡《ごぼう》や大根の泥を洗っているかみさん連中であった。

「――誰なんだろうねえ、あの人。およねさんは知ってるかい？」

「知るわけないじゃないか。それにしても、色気のあるいい女だねえ。ああいう女には気をつけたほうがいいよ。年寄りの財産を狙って近づく女がいるって聞いたことがあるからね」

「でも、吉兵衛さんにそんなに財産があるとは思えないけど。まあ、ここの家賃ぐらい払っていけるだけはありそうだけど」

「それだけあれば、たいしたもんさ」

灸屋兆安《やいとやちょうあん》の女房およねと、担ぎ呉服屋定五郎《さだごろう》の女房おときの、ひそひそ話である。

「それにしても、いつから吉兵衛さんはあんな女と関わりあったんだい？　滅多に外に出ないというのに」

「さあ……」

おときの問いに、およねの首が傾《かし》ぐ。

女が外に出てきたのは、それから四半刻後のことであった。

「お邪魔しました」

と、井戸端に残っていたおよねとおときに声をかけ、すごすごと木戸から出ていく女のうしろ姿を、会釈をしながら二人は見送っていた。

その夜のこと。

仕事から戻った定五郎と兆安に、おときとおよねはまったく同じ話をしている。

「おまえさん、きょうの昼ごろね……」

おときのほうの話を拾うことにする。

安酒の晩酌を、ぐっと一息に呷《あお》ったところに定五郎は声をかけられた。

「昼ごろが、どうしたって？」

「吉兵衛さんのところにさ……」

おときが、見たままを語った。

「それがどうしたってんだ？　別におかしくもなんともないだろうに」

定五郎としては、他人《ひと》の噂を肴《さかな》にして酒を呑むのはおもしろくない。しかも、自分の生活には関わりのないことだ。不機嫌そうな顔をして、女房のおときをたしなめた。

「あたしだって、あまり他人の詮索なんてしたくはないさ。でもね、ちょっと妙な具合だったんでおまえさんに話をしたのさ」

「妙な具合だって……いったいどういうことだ？」

「その女の人、木戸から入ってくるなり、誰にも訊ねることなく吉兵衛さんの戸口の前に立ったのさ。ええ、まったく迷わずにね」

けったい長屋は六軒の棟割《むねわり》が二棟、溝《どぶ》を挟んで建っている。なんのためらいも遠慮もなく、吉兵衛の家の戸口を開けたのをおときたちは怪訝《けげん》に思っていたのである。

「そんなこと、別に変でもなんでもないだろ。あらかじめ、大家か誰かに訊いていればどうってこともない。木戸を入って左の棟の手前から四軒目、奥から三軒目って教わっていれば、餓鬼《がき》にだって分かるさ」

「おまえさんの言うのはもっともだわさ。でも、まだこの話にはつづきがあるんだよ」

「それで終わりじゃないのか？」

おときの話は途中であった。

「その女の人、すぐに出てくるかと思ったけど、中に入ったきりなかなか出てこないのさ。四半刻くらいしてからかねえ、ようやく外に出てきたのは」

「おめえたち、その間ずっと気にしてたのか？　暇な奴らだな、おい」

呆れ口調で、定五郎が返した。

「おまえさんは、気にならないのかい？」

「別に……」

　ふんと鼻で返事をして、定五郎は手酌で湯呑に酒を注いだ。そして、湯呑の縁《ふち》を口に当てたところで呑む手が止まった。おときが次に言う一言が耳に止まったからだ。

「吉兵衛さん、その女の人が帰ったあと、妙に塞《ふさ》ぎ込んでてね……」

「塞ぎ込んでたって……？」

　言って定五郎は、酒の入った湯呑を膳に戻した。

「いったいどういうことだ？」

　定五郎が、聞く耳を持った。


　女が出ていってからしばらくして、おときは吉兵衛のもとを訪ねた。

「――吉兵衛さん、お芋《いも》を蒸《ふか》したから食べておくれ」

　蒸し芋は、この日の昼飯である。

　いつもなら、ニコニコと笑いを含ませた顔を見せるのだが、おときが声を飛ばしても返事一つない。雨戸も開けず、行灯《あんどん》も点《とも》さずにいれば昼間でも部屋の中は暗い。目を凝《こ》らすと、暗い中に蠢《うごめ》く背中が見える。

「どうかしたのですか？」

　耳が遠くとも、まったく聞こえなくはない。だが、おときの声かけには沈黙が返ってくるだけだ。

「まさか……？」

おときの不安は、それからの行動を素早くした。履《は》いていた草履《ぞうり》を脱ぎ捨てると、上がり込んだ。

六畳間の奥に、吉兵衛が背を向けて座っている。

「こんなにまっ暗くして、どうかしましたか？」

丸まる吉兵衛の背中に、おときが声をかけた。

「あっ、おときさんか……」

おときの声に気づいたか、ようやく吉兵衛が振り向いた。その声に、精彩がないのをおときは気にした。

「ちょっと、考え事をしていてな……すまなかったな、返事もせんで」

何を考えていたのかと問うのは、それこそ余計なお世話である。だが、それが先ほど来た女と関わることだとは、おときにも読める。

「いいんですよ。お腹が空《す》いたでしょうから、お芋でも食べてください」

そんな思いを抱きながら、おときは吉兵衛に言葉を返した。

「すまんのう、いつもいつも……」

合掌《がっしょう》しながら、吉兵衛が感謝の気持ちを口にする。

「いいんですよ、そんなことしなくても。吉兵衛さんにはさんざっぱらお世話になったんですもの、今度はあたしたちがお世話をする番」

いつもなら食事を置いてすぐさま引き上げるのだが、このときに限りおときの腰は畳に据《す》えられたままとなった。

「それじゃ、遠慮なくいただきますよ」

「どうぞ、召し上がれ……召し上がれってほどのもんでもないけど」

「そんなことはない。わしにとっては、とんでもないご馳走じゃよ」

おときの戯言《ざれごと》に、吉兵衛は皺《しわ》を深くして笑いを浮かべた。そして、笊《ざる》に載った芋を手に取り中ほどから二つに割ると、片方を一口齧《かじ》った。

――ずいぶんと、耳が達者になったみたい。

いつにない流暢な会話に、おときはいく分首を傾けて吉兵衛を見やった。

「そうだ、気が利かなくてごめんなさい。お茶がなくてはお芋は食べづらいでしょ。今、淹《い》れてきますから待っててください」

「はあ？　わしの名は吉兵衛ってんだが……」

このときはもう普段の吉兵衛に戻り、耳に手を当てていつもどおりの頓珍漢《とんちんかん》な答が返った。

二

「あたしとしては、吉兵衛さんの背中が丸まっていたのが気になってね、少しばかり長居しちまったんだよ」

おときの話を、定五郎は酒を含まずに聞いていた。

「結局、その女の話は出なかったのか？」

湯呑を再び口に当てながら、定五郎が問うた。

「ええ。なんだか訊くのも野暮《やぼ》だし、吉兵衛さんから話が出るのを待ってたんだけど……」

「まあ、無理やり聞くことでもないだろ。それよっか、おときが言ったように、やっぱり気になるところがあったな」

「おまえさんも、そう思うかい？」

「ああ。おときが言った冗談をまともに返したところなんざ、いつもの吉兵衛さんとは違っていただろうからな」

「あんなにしっかりした吉兵衛さんを見たのは、久しぶりだったさ」

「そうか。まあ、なんかあったのは確かだろうけど。だからといって、こっちから根掘り葉掘り訊くことでもねえし……まあ、しばらくは黙って様子を見ていてあげようじゃないか」

「そうだねえ。でも、何か悪いことでも起こるんじゃないかと……」

呟《つぶや》くようなおときの口ぶりに、定五郎の酒を呑む手が止まった。

「それこそ余計な邪推ってもんだ。つまらないことを考えてねえで、酒でも燗《かん》してきな」

空《から》になった二合が入る銚子《さしなべ》を、定五郎が差し出す。

「まだ呑むんかい」

おときは銚子を受け取ると、ゆっくりと立ち上がった。

燗酒を待つ間、定五郎は腕を組み一人で考えに耽《ふけ》った。

「もしかしたら、吉兵衛のとっつぁんの……？」

定五郎が独り言ったところで、おときが熱燗を持って入ってきた。

「何を一人でぶつぶつ言ってるんだい？」

「いや、なんでもねえ」

余計な詮索だと、定五郎はその先を口にすることはなかった。

「火種が消えかかってたんで、ちょっとぬる目だけどね」

言っておときは、銚子の口を湯呑に当てた。

部屋の隅では、二人の子供がすでに寝入っている。

宵五ツを報せる鐘の音を聞いて、定五郎とおときは一つ夜具に潜《もぐ》った。

「おとき……」

「いけないよ、おまえさん。三人目ができたらここはますます狭くなるがね」

ほろ酔い気分で絡まる定五郎の手を払いながら、おときが口にする。そんなこんなで、けったい長屋の夜は静かに更けていく。


それから何ごともなく、三日が過ぎた。

先だって来た女が、再び吉兵衛のもとを訪ねてきたのは昼四ツを報せる鐘が鳴って、いく分過ぎたころである。女の様子が先日と違うのは、三歳くらいの女児《おんなのこ》を一人連れていることだ。

井戸端では、いつものようにおときとおよねが座り込んで洗い物をしている。その二人に、女から声がかかった。

「こんにちは」

その声におときとおよねは振り向き、腰を落としながら見上げた。

「あら、先日の……」

「吉兵衛さんのところにいらしたのですか？」

おときとおよねが、交互に話しかけた。そして、目線を落とすと顔を女児に向けた。

「このお嬢さんは……？」

余計なことと思いつつも、おときが問いを発した。

「あたしの子でして……」

母親だという女と女児の顔を見比べても、まったく似ていない。女のほうは狐《きつね》のように吊り目であるが、女児のほうは狸《たぬき》のように垂れ目である。

「お嬢ちゃん、いくつ？」

「みっつ」

およねの問いに、女児は一言で答えた。

「お名……」

おときが名を訊こうとしたが、問いを遮《さえぎ》るように女の言葉が重なる。

「さあ、行きましょ。それでは、ごめんください」

言葉と同時に、二人は歩きはじめた。そして、吉兵衛の戸口の前に立ったのを、おときとおよねは首を傾げながら見ている。

「いったい誰なんだろうね？　どうやら、後釜《あとがま》を狙う女ではなさそうだし」

「さあ……」

詮索しないと言いながらも、どうしても口に出てしまう。

おときとおよねの、噂話が止まらない。

「似てた？」

「いいえ、まったく……」

およねの問いに、おときは首を振って返した。

「あれは母子《おやこ》じゃないよ、きっと」

「おときさんも、そう思うかい？」

「ええ。うちの亭主がつまらないことを気にかけるなって言ってたけど……」

「定五郎さんもそう言ってたかい。うちのも言ってたけど、どうも気になるよねえ」

やはり三日前の夜、およねも亭主の兆安と同じ話をしていたとのことであった。

そんな話をしている間にも、女と女児の姿は戸口の前から消えていた。吉兵衛の家に入ったところを、二人は見ていない。

あらかた洗い物を済ませ、それぞれ猫の額ほどの庭で干すのであるが、女と女児が出てくるまで、そこにいようということになった。

しばらく経って、井戸の脇を通り過ぎようとする男がいた。

「お二人して、何をぼけっとしてるんです?」

二人に向けて問いを発したのは、派手な衣装で身を包んだ、菊之助であった。この日も役者気取りの女衣装を纏《まと》い、傾《かぶ》いた姿で出かけるところであった。牛込《うしごめ》の別当《べっとう》二尊院《にそんいん》・通称『抜弁天《ぬけべんてん》』の近くで生まれたことから『ぬけ弁天』と二つ名を晒《さら》す。見かけは柔《やわ》だが、中身は剛健で女にはすこぶるもてる。

「あら、菊ちゃん……」

「どちらかに、おでかけかい?」

おときとおよねが、交互に声をかけた。

「ちょっと、そこまで用足しにね」

「急ぐのかい?」

おときが引き止めようとする。

「何かあったのかい?」

おときの声かけに、菊之助の眉間に一筋縦皺ができた。

「そんなに、急いじゃないから……少しくらいなら、いいよ」

菊之助の、急ぎ足は止まった。

「実はさ……」

おときとおよねが、代わり番こで経緯《いきさつ》を説いた。話の中身は、吉兵衛のところに来た女のことである。

「それがどうしたって？」

一所懸命に語ったわりに、菊之助の反応は気が乗っていないとみえる。

「菊ちゃんも、張り合いがないねえ」

おときとおよねが顔を見合わせ、しかめっ面となった。

「あんまり他人《ひと》の噂話ってのは、よくないと思うよ。いくら心配だからといって、余計なお世話ってこともあるしさ」

菊之助が、やんわりとたしなめた。

「それじゃ、先を急ぐんで」

速足で立ち去る菊之助のうしろ姿を、おときとおよねは呆然と見送った。

「あたしたち、余計なことを考えすぎかね？」

「どうやら、そうみたいだね」

　およねの問いに、おときが答える。

「早く干さないと、きょうのうちに乾かないね」

「そうだね」

　絞った亭主の褌《ふんどし》などを桶に移し、おときとおよねはそそくさと井戸端をあとにした。

　吉兵衛の家から女と女児が出てきたのは、二人がいなくなってから間もなくのことであった。


　その日の夕方。

「菊之助、いるかい？」

　戸口の障子戸が開いて、男の声であった。半刻ほど前に帰ってきていた菊之助は、その声を寝転びながら聞いた。菊之助に、その声音《こわね》は覚えがない。

「どちらさんで……？」

　上半身を起こし、菊之助は不機嫌そうに問いを返した。

「上がってもいいかい？」

　三和土《たたき》に立つ男に、菊之助はそれが誰かと知れた。

「……吉兵衛の、とっつぁん」

一軒空けた隣に住んでいても吉兵衛が一人で訪れたことは、今まで一度もない。反対に、菊之助から訪れたことはいく度もあるが。

それだけでも不可解なことなのだが、数刻前に聞いたおときとおよねの話が菊之助の頭の中で重なった。

「汚いところですが、どうぞ上がっておくんなさい」

「すまないな、急に来て……」

「とんでもないです。それにしても、吉兵衛さんがおれのところに来るなんて珍しい」

「そうだな。この数年わしも外に出るのが億劫《おっくう》になってての。そう言われれば、菊之助の家に上がるのは初めてだった」

吉兵衛の話を、菊之助は半分にこやかに、半分は怪訝《けげん》げな表情で聞いている。

「お体のほうは……？」

菊之助が、吉兵衛の体の具合を気遣った。

「あちこちが傷《いた》んでいてな、ようやく息をしてるってところだ」

「ですが、お元気そうで……」

このとき菊之助も、おときと同じようなことを頭に思い浮かべていた。

――耳が達者なようだ。

すらすらと受け答えをする吉兵衛に、いつもと違う様子を菊之助は感じていた。だが、それは口にしないことにする。

「元気なんかじゃねえよ。それよっか、菊之助に頼みがあってな」

やせ細った体の背筋を伸ばし、吉兵衛の表情は真顔となった。それに合わせて、菊之助も一揺《ひとゆ》すりして聞く姿勢を取った。

「頼みってのは、どんなことでしょ？」

菊之助の想像に及ぶのは、おときとおよねから聞いた話である。だが、そこは黙して、吉兵衛の語りを待った。

「本来なら、わし自身が動かなくちゃならねえことなんだが、いかんせんこの老いぼれた体じゃどうにもならんでな、そこで菊之助に一肌脱《ひとはだ》いでもらおうと思ったんだ」

「そりゃ、吉兵衛とっつぁんの頼みとあっちゃ聞かないわけにはいかんでしょ。ですが、そいつも事と次第によるってもんです。返事は、話をうかがってからってことでいいですか？」

「ああ、もっともな話だ。わしだって、こんなことを他人《ひと》さまに頼むのは気が引けるってもんでな」

受け答えがしっかりしている。こんな吉兵衛の様子を、菊之助は長屋に住みはじめてからというもの、一度も見たことがない。その不可解そうな表情が、眉間の皺となって表れた。

「そうか。菊之助は、どうしてわしがこんなに喋れるんか訝《いぶか》しく思ってるんだな？あれも普段のわしの姿で、今ここでこうして話をしてるのもわしの本当の姿ってことだ」

意味がとらえられず、菊之助の首がいく分傾いだ。

「それもそうだなあ。いつもは耳が遠くてよぼよぼの爺いを見せつけてるから、不思議に思われんのも無理はねえや。わしだって、この齢になってこんな厄介なことが身に降りかかるなんて思ってもなかった。そういうふうに切羽詰《せっぱつま》ると、人ってのはどんなに老ぼれてようが傷んでようが、一瞬はまともになるもんだ。今わしは、まさにそんなところだ。燃え尽きる前の、蠟燭《ろうそく》のようにな」

何かに取り憑《つ》かれたように、吉兵衛の口は饒舌《じょうぜつ》であった。だが、付け加えられた言葉の意味に、菊之助は不吉な影を感じた。

「縁起でもない。ところで、吉兵衛さんの厄介ごとってのは？」

「それがなあ……」

と言ったまま、吉兵衛の口は止まった。語るにためらいを感じるが、それでも菊之助は先を促すことはない。

「一服いいかい？」

「ええ、どうぞどうぞ。煙草《たばこ》盆を用意しますわ」

言って菊之助は、部屋の隅に置いてある煙草盆を吉兵衛の前に差し出した。いつでも煙草が吸えるようにと、小さな火入《ひいれ》には種火が熾《お》きている。

三

吉兵衛は煙草を嗜《たしな》む。

懐《ふところ》から愛用の煙管《きせる》を取り出すと、吸い口を口に含んだ。

「すまんけど、キザミをもらえるかい？」

煙管は持ってきたが、キザミと呼ばれる煙草までは持参していない。

「ええ、どうぞこいつをお吸いになって……」

菊之助は、煙草盆の引き出しから刻み煙草を取り出すと、吉兵衛に勧めた。天狗《てんぐ》印の上等な物だ。

吉兵衛が火皿にキザミを詰め、紫煙を燻《くゆ》らす。

「ああ、うめえ。いい煙草を吸ってやがるな、さすが菊之助だ」

煙草を褒められても、たいして心には響かない。

言いづらいことを語るには、こんな間《ま》も必要だと、菊之助は吉兵衛が煙草を吸い終わるまで待つことにした。

「……おや？」

すると菊之助の気持ちに、引っかかるものがあった。ほんの僅かな疑問が、大きな意味を持つことがある。

粋《いき》を気取る菊之助には、煙管の価値が分かる。吉兵衛の持つ煙管は、そん所そこらにあるようなのとは造りが違う。安物には到底見えない。

雁首《がんくび》と吸い口は、銀細工の彫り物の装飾が施されている。煙管の胴部分である羅宇《らう》も、固い黒檀《こくたん》を刳《く》り抜いて作られている。相当な業師《わざし》が手をかけて作った物とみえる。滅多にお目にかかれないほどの、上等な品物だ。

「ずいぶんと立派な煙管をお持ちで……」

「ああ、こいつか。親父《おやじ》からもらったもんでな、煙草を吸いはじめたときから使ってる。煙管は立派だが、今は煙草も買えねえほど落ちぶれてしまった」

ふっとため息を吐いて語る吉兵衛の額《ひたい》には、無数の皺が刻まれている。菊之助は、人生の縮図を感じながら吉兵衛を見つめた。

吉兵衛が、天井長押《てんじようなげし》に目を向けている。遠い昔を思い出すような、そんな虚《うつ》ろな眼差しであった。

カツンと雁首が灰吹の縁を打つ音がした。煙草の吸い殻を灰吹に飛ばし、吉兵衛は煙管を袋の中へとしまった。

吉兵衛の気持ちは落ち着いたか、あらぬほうに向けていた目を菊之助に向けた。

「すまねえな、前置きが長くて……」

「いや、いいってことで。どうせ、暇をもてあましてますから」

「そうかい。だったら、聞いてもらうとするか」

ようやく吉兵衛は語る気になった。

こういった間《ま》合いが長ければ長いほど、深刻の度合いが知れようというものだ。そんな気持ちを抱いて、菊之助は居住まいを正した。

「かなり昔のことになるんだが……」

吉兵衛の、重い口が動いた。

「菊之助は、九年ほど前にあった大地震を覚えてるか？」

「忘れようたって、忘れられるもんじゃありません。あの揺れは酷《ひど》かった。亡くなった人も多く、今でも心が痛みます」

「そうだなあ。あれでわしは、何もかも失っちまった」

「そうでしたか、お気の毒で……それで、あの大地震が今になって何かをもたらしてきたんですかい？」

吉兵衛の相談事に、菊之助は安政《あんせい》の大地震との関わりを感じた。

吉兵衛が、小さく首を振りながら語る。

「ああ、あの大地震が何もかもぶち壊した」

ふっと息を吐いて、吉兵衛は語りに入った。

「話は大地震が起きた、さらに十三年ほど前に遡《さかのぼ》らなきゃならねえ。もう、二十年以上も昔のことだ。わしは今では、煙草も買えねえほど落ちぶれこのざまだが、地震が起きる前まではこれでも一端《いっぱし》の商人だった」

「へえー、吉兵衛さんはご商売をなさってたんで？」

菊之助は、意外だと思った。

今の吉兵衛を見ては、とても商人だったと思えない。言葉も舌が回る江戸弁だし、顔は日焼けして浅黒く、力仕事をしていたか老齢になっても筋肉質な体は、建築現場の職人だったようにも見える。

「ああ、あの大地震が起きるまではな」

吉兵衛の昔を知る者は、今は周囲に誰もいない。そんな孤独を、耐え忍んでいるように生きている。

「それで、どちらで何を……？」

「深川《ふかがわ》の門前仲町《もんぜんなかちよう》だ」

深川門前仲町ならば、遊び人ならピンとくるものがある。およそ二十年前までは、岡場所として栄えた場所である。天保《てんぽう》十三年八月に、江戸市中の岡場所が取り潰《つぶ》されるまでは門前仲町も遊郭としてその名が江戸四方に轟《とどろ》いていた。吉原《よしわら》と江戸四宿《ししゆく》を除いては、五指にも数えられるほど栄えた遊郭であった。

「門前仲町といいますと、郭《くるわ》の……？」

「菊之助は若いのによく知ってるな」

「ええ。そんときはまだ餓鬼でしたが、いろいろと人から教わりまして、門前仲町の名は覚えてました」

「わしの家は代々そこで『浦松屋《うらまつや》』という屋号の女郎屋を営んでいたんだが、幕府公認の吉原以外はみな、天保のお触れで潰されてしまった」

「もったいないことで」

菊之助が、残念そうに相槌《あいづち》を打った。

「わしは三十歳で店を継《つ》いだが、廃業に遭ったのはそれから十年ほどしてからだった。富岡八幡宮《とみおかはちまんぐう》の門前町なんで、お参り客やなんかでそりゃ大層賑わっていた。だが、天保のお触れが出てからというものすっかりと町は寂《さび》れ、それは悲惨なものだった」

そのときの悔しさが込み上げ、面相に表れている。語りをつづけるうちに、吉兵衛の顔はさらに苦渋がこもるものとなっていく。

「それからというもの、浦松屋は女郎屋から、八幡宮参拝の旅人目当てのまともな旅籠《はたご》へと商売を変えた。女郎屋ほどの上がりはなかったが、それでも細々とだが商いはつづけることができた」

そこまで言って吉兵衛は懐を探り、再び煙管の袋を取り出した。

「すまねえけど、もう一服煙草をくれねえか」

吉兵衛が、語りに間を置く。

「ええ、いくらでもお吸いになっておくんなさい」

煙草盆は、吉兵衛の膝元に置いてある。いつでも吸えるようにと、煙草は盆の上に置かれたままであった。

「すまねえな」

吉兵衛は袋から煙管を取り出し、雁首に煙草を詰めた。前屈みとなって、火種から火を移す。

紫煙を燻《くゆ》らせ、吉兵衛はうまそうに煙草を呑んだ。

口から吐き出した白煙が輪を作り、消えたと同時に吉兵衛が語り出す。

「岡場所取り潰しのお触れが出る、一月《ひとつき》ほど前のことだった。あれは七月だったから、暑さ真っ盛りのころだ。浦松屋に、女衒《ぜげん》が遊女となる娘を連れてきた。中山道《なかせんどう》は蕨《わらび》宿《しゅく》の在に住む百姓の娘でな……」

「ずいぶんと遠いところから。もっと近い岡場所があるでしょうに？」

中山道といえば武蔵《むさし》を北西に向かう街道である。近くには、江戸四宿の一つ板橋《いたばし》宿があり、今でも遊郭で栄えているところである。なぜにわざわざ遠い深川まで連れてくるのかと、菊之助が話の腰を折った。

「国元から近いとな、里心がついてすぐに逃げ出してしまうからだよ。そんなんで女衒は、生まれ在所からなるべく遠い岡場所に連れていくってことになっている」

「なるほど」

菊之助が、得心の相槌を打った。

「それでな、本当の名は忘れたが、わしはその娘に『ほたる』という源氏名をつけた。ああ、けつが光るあの螢《ほたる》から名を取った。連れてこられたとき、ほたるはまだ十五でな、それは初々《ういうい》しかった」

長い話になりそうだと、ここで菊之助も一服つけることにした。煙草盆の引き出しから煙管を取り出すと、雁首に煙草を詰めた。吸い口と雁首は銅製で、羅宇は赤銅《しゃくどう》色のありふれた安価な物である。

煙草に火を付けたとき、菊之助はふと思った。

——おときさんが言っていた、ここを訪ねてきた女というのは……？

「お触れが出てからというもの……」

吉兵衛の話が重なり、菊之助は思考を途中で止めた。

「浦松屋が抱えていた遊女たちにいくばくかの銭を与え、国元に帰るなり、どこかに奉公に上がるなりしろと、十年の年季明けを待たずして暇を与えた。だが、どうしても行き場のない娘が数人いてな、その娘たちは仲居《なかい》として居つづけた。来たばかりのほたるもそのうちの一人だった。二十両という金を女衒に払った手前、すぐには国元に帰すこともできず、仲居として働いてもらうことにした」

吉兵衛の話は、それから四半刻ほどつづいた。菊之助はその話を遮《さえぎ》ることなく、黙って聞いていた。

「……てなわけなんだ。こんなこと誰にも話すことができず困ってたんだが、そこに菊之助が帰ってきたのが見えてな、相談をかけるんならこいつしかいねえと思ったんだ」

「おれを名指しいただくとはありがたいことですけど、こいつは厄介な問題ですねえ」

腕を組んで、菊之助は考えはじめた。

このときはまだ、吉兵衛の頼みごとを引き受けるかどうかを迷っていた。

吉兵衛が、これほどまで饒舌に語るとは思ってもいなかった。真剣味が、ひしひしと伝わってきて、菊之助は「うーん」と一つ唸った。

「……さてと、どうしたもんだか」

天井の長押あたりを見やりながら、菊之助が呟く。すぐには良案が浮かんでくるものではない。それでも名指しで頼まれた手前、無下《むげ》に断ることもできず、答えるのにしばしの間を置いた。

「どうだい、わしのたっての頼みを……」

吉兵衛の言葉をみなまで聞かず、菊之助の顔が向き直った。

「吉兵衛さん、よく話してもらえましたぜ」

菊之助は、吉兵衛の願いを聞き入れることにした。

「分かりました、吉兵衛さん」

言って菊之助は頭の中で、段取りを考える。

「菊之助だったらそう言ってくれると思った。すまねえが、このとおり頼む」

吉兵衛は猫背になった背中をさらに丸めて、頭を下げた。

「困ったときは、お互い様ですぜ。そんな頭を下げるなんて、よしてくだせえ、吉兵衛とっつぁん」

しかし、吉兵衛の頭は前屈みになったまま、起き上がろうとはしない。

「どうかしたんかい、吉兵衛さん？」

菊之助が声をかけると、吉兵衛の体はドサリと音を立て前に倒れた。

「こいつはいけねえ」

菊之助は慌てて外に出ると、兆安のもとへと走った。灸屋兆安の家は、棟の一番端《はし》にある。医者の心得もあるので、ここは兆安を頼るほかない。

四

兆安の診立てでは、軽い脳溢血《のういっけつ》だという。

「だが、予断は許さねえ。ここは絶対に動かさず、安静にさせておく以外に術《すべ》はないな」

菊之助の家から動かすわけにはいかないと、そこに夜具を敷いて吉兵衛を寝かせた。大鼾《おおいびき》をかいて、吉兵衛は眠っている。症状は安定しているようだが、兆安は口にする。

「命が助かったとしても、後遺症は残る。最悪の場合も覚悟しといたほうがいい」

「なんだい、後遺症ってのは？」

聞いたことのない言葉である。

兆安と一緒におよねも来ていた。今にも泣き出しそうな不安げな表情で、およねが訊いた。

「回復したとしても手足が麻痺《まひ》したり、口が利けなくなる場合もある……ってことだ」

「吉兵衛さん、かわいそう。でも、今だってたいして口も利けないし、足腰も利かないじゃないか。そうなったとしても、なんら変わりはしないよ。吉兵衛さん、これからも長屋のみんなして面倒見るから早くよくなりなよ」

眠る吉兵衛に、およねが話しかけた。

「およねさんの言うことは、もっともだ」

およねの話に、その場にいる菊之助も兆安も気が落ち着く思いとなった。どんなに辛いことでも、良いほうに考えれば気持ちも和《なご》むというものだ。

吉兵衛の看病は、長屋のみんなで持ち回りですることにした。

この夜は、菊之助が付きっきりとなる。何かあったら報せてくれと言って、兆安は帰っていった。

菊之助は、吉兵衛の話を兆安に聞いてもらおうと思ったが、この場では止《や》めた。自分の考えがまだまとまっていないのと、ここは吉兵衛の看病に重きを置いたほうがよいと思えたからだ。

「……この齢になっても、気苦労ってのは絶えないもんだな」

寝ている吉兵衛を見やりながら、菊之助は呟く。そして吉兵衛から聞いた長い話を頭に浮かべながら、思考に耽《ふけ》った。

菊之助が、吉兵衛の相談ごとをなぞる。

灯の消えた深川門前町で、富岡八幡宮の参拝客相手の宿屋として残った浦松屋は、細々とだがなんとか旅籠として凌《しの》ぐことができた。

その浦松屋に変化が生じたのは、女郎屋を閉じてから八年後のことであった。

浦松屋の女将《おかみ》で、吉兵衛の女房であったお峰《みね》が不慮の事故でもってこの世を去ったのは、嘉永《かえい》三年春浅い二月の初めであった。

その当時、吉兵衛とお峰には寅八《とらはち》という、十五歳になったばかりの息子がいた。二人の間にできた子は、寅八一人である。その寅八は、幼少のころより手のつけられない、界隈《かいわい》では札付きの悪童に育った。遊郭という、子供にとっては劣悪の環境で育てたのが間違いだったと、吉兵衛は語りの中で嘆いていた。

寅八は、母親の死後間もなく門前仲町から姿を消した。その後の消息は分からず、以後一度も会っていないと吉兵衛は言う。

女房お峰の、不慮の事故死についても吉兵衛は触れている。

「――ようやく春が訪れたかという、穏やかな日のことだった」

吉兵衛は、その日のことを鮮明に憶えている。

佃島《つくだじま》の漁師の娘であったお峰は、自らが海に出て漁をしてくることがよくあった。そのときは、必ず寅八を連れていくことにしていた。女だてらにお峰は舟を繰ることができる。だが、捻《ひね》くれた根性を叩き直すためと、舟は寅八に漕がせることにしていた。

海で獲れた獲物は、宿屋の料理として客に振舞う。その料理を目当ての、馴染み客も多くあった。

子供のころは悪さばかりしていた寅八も、その甲斐あって徐々に素行が落ち着いてきた。

「あんな悪餓鬼だった寅八でも、母親のお峰とは相性が合ってなあ、漁に出るのを楽しみにしていたようだ。これなら浦松屋も安泰だと、わしも喜んでいたんだが……」

語る最中に吉兵衛の声音が落ちたのを、菊之助は気にして聞いた。

吉兵衛の顔をのぞいてみると、皺顔の中の凹《くぼ》んだ目が赤く充血している。声も掠《かす》れるように鼻にかかり、話が聞き取りづらくなった。

「あの事故は、そんな矢先に起こった」

そのときの経緯を、吉兵衛が顔面の皺をさらに深くして語った。

嘉永三年。二月の初めとしては、朝から暖かい日差しが降り注いでいた。

その日の夜は、材木問屋の旦那衆の寄り合いが予定されていた。その宴会の席で江戸湾の海の幸を振舞おうと、お峰は漁に出たのである。

この季節の江戸湾の獲物といえば、海鼠《なまこ》である。浅瀬に生息するため、船上からでも専用の銛《もり》で容易に獲ることができる。酢で和《あ》えれば、珍味として客に喜ばれること請け合いであった。

浦松屋の舟は、隅田川《すみだがわ》の河口にある熊井町《くまいちょう》の桟橋に停泊させてある。日も明けきらぬうちに、お峰と寅八は浦松屋を出て江戸湾へと向かった。

宿屋の女将が漁をする。深川界隈では、それが名物女将と評判になって、鳴り響いていた。

海は朝から凪《な》ぎ、春先にしては珍しく穏やかな波立ちであった。水は澄み、浅場は海底までも見通せる。海鼠漁にはもってこいだった。

客に振舞える分の海鼠を獲ると、次は墨烏賊《すみいか》漁である。いく分沖に出て、仕掛けはてんや釣りという、糸に錘《おもり》と針をつけただけの漁法である。餌は、小海老の形をした疑似餌である。この釣りは、寅八が得意としている。

この季節の墨烏賊は、産卵で浅場へとやってくる。深場から浅瀬へのかけ上がりに生える海藻に卵を産み付ける習性を狙うのが技法とされていた。烏賊自体も身がしまって、旬の味覚が味わえた。

昼までには、浦松屋に戻る予定であった。

早春の空は、なんの前触れもなく豹変する。穏やかであった海原に白波が立つと、間髪《かんはつ》いれずに江戸湾が荒れはじめた。

その日春を告げる突風が昼近くになって吹き荒れ、江戸湾は凪から時化《しけ》の荒海へと姿を変えた。


正午を報せる鐘が鳴り終わったころ、寅八一人が血相を変えて浦松屋へと戻ってきた。

「おっ、おふくろが……」

慌てふためく寅八に、次の言葉が出てこない。

「どうした寅八？」

湯呑一杯の水を与え、吉兵衛は寅八に問うた。嫌な予感が、吉兵衛の脳裏を駆け巡る。

　寅八が舟の胴間に座り、釣り糸を垂らす。そしてお峰は艫《とも》で櫓《ろ》を漕ぎ、舟を繰る。二人が互いに息を合わせての、母子舟《おやこ》であった。

　寅八の、釣り糸の手繰《たぐ》りは絶妙である。半刻をまたずして墨烏賊を十杯ほど釣り上げていた。

　舟底は、烏賊の吐く墨で真っ黒くなっている。墨を大量に吐くところから、墨烏賊との名がつく。あとの掃除が大変だと、櫓を繰りながらお峰がぼやいた。

　海の幸は、必要なだけ獲れればよい。

　余計に獲っての乱獲は、あとで自分たちの首を絞めることになる。漁師はそのことを弁《わきま》えて、漁にあたっている。

　その夜予約された客の数に満たすため、烏賊もあと一杯釣れれば引き上げることになっていた。

　ツンとしたアタリに、寅八は道糸を合わせた。グッと重い感覚が指先に伝わったその瞬間――。

「急に波が高まると舟が揺れて……お袋が海に落ちてしまった」

「おめえは、すぐに助けなかったのか？」

「当然助けようと思ったけど……」

言って寅八は首を振る。

「潮の流れが速くて、あっという間にお袋は沖へと流されちまった。どうにもならなかった」

がっくりと肩を落とし、悪童として虚勢を張っていた面影は消え失せている。

「おめえはそれを、黙って眺めてたのかい？」

吉兵衛は、寅八を責めた。

「俺だって、ただ眺めていたわけじゃねえ。だけど、どうにもならなかったんだ」

「とにかく、お峰を捜しに行かねえとな」

寅八への責めはあと回しと、吉兵衛は寅八を連れて海へと向かった。お峰の実家のある佃島の漁師たちを集め、お峰捜しに大挙して江戸湾の沖へと向かった。漁師の舟、その数二十艘が引き潮に乗った。

お峰の遺体が見つかったのは、そこから二里ほど行った品川《しながわ》沖であった。浮き袋を身に着けていたので沈むことなく浮いていたのが、発見を早くさせた。それと、潮の流れと南風が押し問答をして流れを遅くさせていた。凪の引き潮は速く、そのままだったら木更津《きさらづ》の沖にまで達していただろうというのが漁師たちのもっぱらの話だった。

吉兵衛は落胆で、十日も寝込んだ。

お峰の葬儀を済ませたあとも、吉兵衛は寅八を責めつづけた。そして、口に出した一言が寅八を追い出す最後の言葉となった。

「どうして、あんなことを言っちまったんだかなあ」

吉兵衛が、菊之助に向けて嘆いた。

「なんて言ってしまったんです？」

「言葉ってのは恐ろしいもんだと、あのときほどつくづく思ったことはねえ。いや、本気じゃなかったんだぜ。今さら何を悔いても遅いとは、分かっているんだが……」

言いながら、吉兵衛の奥に凹んだ目から涙が一滴頬を伝わって落ちた。

「ですから、なんと……？」

言ったのか、菊之助としては早く聞きたい。

「寅八にな『――てめえが代わりに落ちりゃよかったんだ』なんて、言っちまった」

吉兵衛の、本心でないことは分かっている。やり場のない悔しさと悲しさが、絶対に言ってはいけないことを口にさせたのだと、菊之助は思うことにした。

「そんときの、寅八の悲しそうな顔ったらなかった。わしは初めて、奴のそんな顔を見た。そりゃそうだいな、寅八は捻くれていたとはいえ、母親のお峰が好きだったんだからな。一番寂しい思いをしていたのは寅八なんだと、わしは考えもせずに……あれは、一生の不覚だった」

吉兵衛が放った一言に、反論することもなく、寅八はそのまま家を出ていった。

「奴を悪童にさせたのはわしなんだと、気づいたときはもう遅い。あれから十三年も経つが、寅八とはまったく音信が途絶えたままだ。生きてるんだか、死んでるんだか……もっとも、奴のほうもそう思っているだろうが」

「それで吉兵衛さんとしちゃ、寅八さんに会いたいので？」

吉兵衛の相談事というのは、てっきり寅八の居所を捜すものだと菊之助は考えていた。

「会いたくねえと言っちゃ嘘になる。そのことなんだが、話にはまだつづきがあってな……」

ここでまたも、吉兵衛は懐から黒檀の煙管を取り出し一服の間を置いた。

五

カツンと音を立て、吸い殻を灰吹に飛ばし、吉兵衛は語りはじめる。

「寅八が出ていってから、十月《とつき》ほどしてな……菊之助は、さっき言ったほたるって遊女の名を憶えてるか?」

「たしか、蕨宿の在から来たっていう……」

「そうだ。ほたるは、女郎屋を閉めたあとも仲居としてずっと浦松屋に住み込んだ。そして、十年の年季奉公も明けようって矢先に、女の子を産んだ。誰の子かと訊ねると、寅八の子だと言うんだ。わしの知らねえ間に、奴らはできてしまっていた」

父親として情けないことだと、吉兵衛は言葉を詰まらせた。気持ちを戻してさらに語りを進める。

「ということは、その女の子はわしの孫ってことになる。わしは寅八の代わりとなって、その子を大事にした。初めての孫なんで、お初《はつ》と名をつけたんだが」

語りながら、吉兵衛の表情がときおり寂しげになるのを菊之助は気になったが、そのまま黙って先を聞くことにした。

「人の手を介して、寅八を捜したが一向に見つからず、そうこうしているうちに三年が過ぎた。そして起きたのが、あの江戸の大地震だ。古い建屋だったので、一たまりもなかった。家は潰れ、瓦礫《がれき》となったところに火が覆いかぶさった。たまたまわしは外にいたんで難を逃れたんだが、ほたるとお初は潰れた家の下敷きになってあえなく逝《い》ってしまった。焼けた瓦礫の下に埋もれてると思い、懸命に二人の遺体を捜したが、それがどうしても見つからなかった」

吉兵衛はもしやと思い、焼け落ちた廃墟の中で五夜を過ごした。ほたるとお初が戻ってくるのではないかと待ったのである。

「五日待ったが、ほたるとお初が戻ることはなかった。やはり、家の下敷きになって燃え、灰になってしまったのだろうと、あきらめようとした矢先に二人の遺体が見つかったんだ。真っ黒となって……ああ、思い出しても辛い」

吉兵衛は、そのときの様子が脳裏によぎり一瞬言葉が詰まった。一呼吸置き、気持ちを戻して先を語り出す。

「全てを失い、わしはもうその場にいることさえ耐えられなかった。どこをどう歩いたか、あとはそんなに憶えていねえ」

安政の大地震は、未曾有《みぞう》の被害をもたらした。

幕府救済の炊き出しがなされ、いたるところで家を失った人々が群がり列を作っていた。茫然自失となってさ迷う吉兵衛はそれで飢えを凌ぎ、気づいたときは深川とはかなり離れた浅草《あさくさ》まで来ていた。

吉兵衛が九死に一生を得たのは、浅草で材木問屋を営む『頓堀屋《とんぼりや》』の主《あるじ》、孝三郎《こうざぶろう》との再会であった。孝三郎は、現主人である高太郎の父親で三年前に他界している。

「孝三郎さんとわしは旧知の仲でな。深川の材木問屋の旦那衆と、よく門前仲町に遊びに来ていた。そんな縁から、わしはこのけったい長屋に住み込んだってことだ。それは、先代の孝三郎さんにはどえらい世話になった」

　吉兵衛の話を聞くにつれ、大家高太郎の親切心は、父親孝三郎から代々受け継がれているのだと、菊之助は肌で感じ取れた。

「なぜに、深川に戻らなかったんです？　潰れた家は、建て直しをすれば住めますぜ」

「それは孝三郎さんにも言われた。材木を譲ってやるから、建て直したらどうだと。だが、深川には顔を向けるのもいやだった。ましてや、ほたるとお初の供養もしてあげられねえで……そんなところに、帰る気はしなかった」

　吉兵衛の辛さは、菊之助にも痛いほど感じ取れ、言葉を挟むのを止めた。

「そんなこんなであれから八年経ち、わしもすっかり年を食っちまった。もうそろそろ人生の店じまいかと考えていたところに、先だって思いもしねえ女が現れた」

　それがおときたちから聞いていた女だと、菊之助には分かっている。

「その女の人ってのは……？」

「わしはその女の顔を見たとき、驚いたの驚かねえのったらなかった」

「どなたさんで？」

「なんで、ほたるが……？」

あらぬ方向に顔を向け、虚ろな目をして吉兵衛が口にする。

「なんですって！　ほたるさんは、亡くなったんじゃなかったですかい？」

「ああ、死んだはずだ。わしもあのとき、遺体を見たからな。だが、訪ねてきたのはほたるに間違いねえ。八年前と、顔も姿もまったく変わっちゃいなかった」

これには菊之助も、さすがに戦慄する。

「すると、まさか幽霊……昼日中、そんなもん出るんですかい？　それに、おときさんやおよねさんだって、その女の人をはっきり見てるんですぜ」

菊之助の声音は、いく分震えがちである。

「それで、ほたるさんとはどんな話をしたんです？」

幽霊であるかないかは差し置いて、菊之助は気持ちを戻して問うた。

「それが、不思議なことを言うんだ。『おかげさまで、このように生きながらえております』ってな。死んだはずではないのかと思うと、頭の中がぼんやりとしてきてな」

さもあろう、菊之助も話を聞いていて、身も心も凍りつく思いとなった。

「わしは震える思いを心の奥に隠して訊いた。なぜに今ごろになって出てきたと。そしたら、こう答えた。『——育った娘の顔を見てもらいたいから』って言うんだ」

「ほたるさん、寅八さんと会えずに成仏できないんでしょうかねえ」

菊之助が、考え深げに言った。吉兵衛がもたらせた怪談噺を、真剣な顔をして聞いている。

「ああ。わしが寅八を追い出したってことに、ずっと恨みをもってたんだろうよ。だから、わしに寅八を捜せって言いに来たのだ……おそらく」

「それにしても、吉兵衛さんがここにいるのがよく分かりましたね」

「そう思って、わしもそのことを訊いてみた。そしたら『そりゃ、分かりますよ』ってな、くくくって含み笑いを浮かべてそう言った。それにはわしも空恐ろしくなってな、小便をちびりそうになった」

それでも気丈に吉兵衛は女の相手をした。

「だが、わしも話しているうち、ほたるが幽霊だと思えなくなってきた。だってそうだろ。ちゃんと足もついてるし、顔も円山応挙《まるやまおうきょ》が描いた幽霊絵のような恐ろしさはない。細面だが赤い顔をした幽霊なんて、この世にいるか？」

「幽霊そのものが、いないと思いますが」

「しかも、幽霊が昼日中に出てくるか？」

「おときさんもおよねさんも、幽霊だとは一言も言ってなかったですからね」

菊之助も同調できると、小さくうなずきを見せた。

「わしも、わけが分からなくなったところで、ほたるはこう言った。『娘の育った姿を見せたいので、三日後に連れてまた来ます』と。孫のお初とまた会えると楽しみにしてたんだが……」

言いながら吉兵衛は眉間に深い縦皺を刻み、これまでにない苦渋の表情を見せた。

「何かありましたので？」

菊之助が、一膝乗り出して訊いた。

「それが、きょうの話なのだ」

吉兵衛の言い出しに、菊之助はおときから聞いた話を重ねた。そして、顔面から血の気が引くのを菊之助自身が感じ取っていた。

――おときさんは、女が連れてた子供は三歳くらいって言ってた。

それが、どういう意味をなすのか菊之助には分かっている。

「お初がな、三歳のときで止まっているのよ」

生きていれば、十《とお》を越えている齢だ。それが、まだ幼女のままであったという。

「かわいそうに、お初は父親の寅八似だ。女の子だってのに、目が垂れて狸顔だ」

ここは、おときたちの話と一緒である。

「母娘の霊……？」

「ああ、そういうこった。お初もきちんと手を畳について挨拶しやがる。『――おじいさま、お会いできてうれしい』ってな。わしは思わず『元気にしてたか？』って返しちまった。死んだってのに、元気であるはずがねえよな」

菊之助は、笑いを漏らしそうになったが、そこは堪えた。

「そして、お初が言うんだ。『あたしには、おとっつぁんがいないの』ってな。暗に、寅八を捜してくれって意味に取った。お初からもせがまれては無下にもできんだろ。だが、寅八を捜そうにもおれはもうよぼよぼだし、どうにもできん。そこでどうしようかと思い悩んだ末……」

吉兵衛の相談ごとは、都合半刻ほどにおよんだ。

「……てなわけなんだ。こんなこと誰にも話すことができず困ってたんだ」

このときはまだ、吉兵衛の頼みごとを聞くかどうか迷っていた。

吉兵衛がこれほど饒舌に語るとは思ってもいなかった。それだけに、真剣味がひしひしと伝わってくる。

「……さてと、どうしたもんだか」

天井の長押あたりを見やりながら、菊之助は独りごちた。だが、すぐには良案が浮かんでくるものではない。それでも名指しで頼まれた手前、無下に断ることもできず答にしばしの間を置いた。

「どうだい、わしのたっての頼みを……」

菊之助の顔が、吉兵衛に向き直る。

「吉兵衛さん、よく話してもらいましたぜ」

菊之助は、吉兵衛の願いを聞き入れることにした。

「寅八さんを捜し出せないうちは、ほたるさんもお初ちゃんも成仏できないんでしょうよ。だったら、ここはおれに任せといてくれませんか」

とはいっても、菊之助には寅八を捜すなんの手がかりもない。江戸にいないことだって考えられる。だが菊之助は、何かに引きずられるように、後先《あとさき》を考えることなく答えてしまった。

とりあえず深川の門前仲町に行って、浦松屋があった場所を見てくることにした。

その跡地がどうなっているのか、吉兵衛すら分かっていない。その様子から探ることにしよう。

　その段取りを語ろうとしたところで、吉兵衛が倒れたのだ。

　菊之助は暗い天井を見つめながら、吉兵衛の話をなぞり返した。

　その脇で、吉兵衛がぐっすりと眠っている。予断は許さないものの、鼾《いびき》が聞こえているうちは、まだ安心していられる。

「それにしても、幽霊とは驚いたなあ」

　ときおり、菊之助の独り言が口を吐いて出る。

「いるんかい、そんなもの？」

　思い起こせば、不思議な話である。だが、菊之助にはどうしても解《げ》せないことがある。

「なんで、今ごろになって……？」

　すべては、自分に向けての問いである。そして、自分に向けてその答を出す。自問自答を、菊之助は繰り返した。

「こいつには何か、からくりがあるな」

しかし、菊之助がそう考えても、吉兵衛は訪ねてきた女と子供は、ほたるとお初に間違いがないという。

「いや、それはほたるとお初じゃない。しかし、吉兵衛さんが見間違えるはずもなし……しかし、この世の中に幽霊なんて……」

しかししかしの堂々巡りで、菊之助の頭の中は混乱をきたす。それから先に思考は進まず半刻ばかりしたところで、兆安が吉兵衛の具合を診に訪ねてきた。

六

菊之助は兆安に、吉兵衛から聞いた話を余すことなく語ることにした。

だが、兆安はこのあとも付きっきりで吉兵衛の様子を診ていなくてはならず、動きが取れない。ここは、担ぎ呉服屋の定五郎の力を頼ろうということになった。

定五郎を呼ぶと、三角になって座った。

四半刻ばかりを、菊之助は吉兵衛から聞いた語りに費やした。

「そんなんで、おれは吉兵衛さんの頼みを聞くことにしたんです」

菊之助は、すべてを話し終えた。

「驚いたねえ。吉兵衛さんに、そんな昔があったなんて。それにしても、幽霊なんて本当にいるんか？」

　定五郎が、首を傾げながら問うた。

「そこでなんですが、ほたるとお初の、実際の姿を見てるのはおときさんとおよねさんだ。ほんのわずかだが、言葉も交わしている。ここは、お二人に詳しく話を聞いてみてはどうかと……」

「聞くって、何をだ？」

　兆安も、および腰で問うた。

「当たり前でしょ、幽霊の様子をですよ。ちゃんと、足がついていたかどうか……」

「だが、おときのやつ、ああ見えてもかなりの怖がりだかんなあ、こんな話を聞かせたら、腰を抜かしちまうぜ」

「およねも、からっきし駄目で……」

　定五郎も兆安も、そろって首を振る。

「ですが、本当の幽霊でなかったら、どうってこともないでしょうに」

「すると菊之助は……？」

「ええ。こいつは、何かの間違いじゃないかと。だって、吉兵衛さんの話ですからねえ。なので、そいつをまずは探ってみたいんで」

吉兵衛の、幽霊話のほうに無理があると、菊之助には思えてきている。

それからすぐに、おときとおよねを呼んで話を語った。

幽霊話の件《くだり》では、二人とも顔を真っ青にして聞いていた。ブルブルと震える振動も伝わってくる。「あたしゃ怖いよ」と、およねが泣き出しそうになっている。

「やはり、吉兵衛さんを訪ねてきたのは幽霊なんかじゃなかった」

二人の様子を見て、菊之助は断言する。

「菊ちゃんは、どうしてそう言いきれるのさ？」

おときの、問いであった。

「だってそうじゃないですか。この話を聞いただけでそんなに怖がるってのに、どうして本物の幽霊を前にして怖がらなかったので？　本来なら、そこで腰を抜かしたっておかしくはないでしょうに」

「そういえば、まったくそんな様子ではなかったね。ねえ、およねちゃん？」

「ええ、あたしにも幽霊なんかに見えなかったわ」

およねも、同調してうなずく。

「そいつは、まともな人だったからですよ。だが、分からないのは、お初という子が三歳のまま止まっていたこと。ここがなんとも、解せない」

　菊之助の考えはこうだ。

　実際に、ほたるとお初は死んではいなかった。死んだというのは、吉兵衛の思い込みであったと。何かのすれ違いで、大地震が起きた後、生き別れになってしまった。それから八年、互いは消息を探ることなく過ぎてしまった。そして、今になってほたるは吉兵衛の居所を知って訪れてきた。

「まあ、そんなところでしょうな」

　と、経緯を説くも、これはあくまでも菊之助の読みである。だが、語る口調に自信が感じられない。怪訝に思うのは、やはりほたるとお初の、見た目の齢である。

　――吉兵衛さんが怯《おび》えていたのは、まさしくそこだ。

「……こんなところで、考えてたってしょうがねえか」

　菊之助の呟きが、定五郎の耳に入った。

「あした、俺も一緒に行くよ。まずは、深川に行って浦松屋の跡がどうなってるか見てこようぜ。それと、寅八っていう倅も捜してあげねえとな」

　定五郎が、眠っている吉兵衛の顔を見ながら言った。

「早く捜してあげねえと、吉兵衛さんの身がもたんぞ」

そこに、兆安が口を挟んだ。

「するってえと、おまえさん……？」

「ああ。もう、さほど長くは生きられねえだろうな」

兆安が、吉兵衛の容態《ようだい》の深刻さを語った。

菊之助と定五郎が探るのは、吉兵衛を訪れてきたほたるとお初が本人であるかどうか。それと、寅八の居所であった。

それを、吉兵衛が生きている間に成し遂げてあげたい。しかし、兆安の診立てでは、余命はいくばくもないという。長崎で、少しは西洋医学を齧《かじ》った男の言うことだ。菊之助は、気持ちの中で焦りを感じた。


朝になり、菊之助と定五郎は頓堀屋の船着場から、深川に向かうことにした。ちょうど丸太を運んだ大型の船が荷を降ろし、深川に戻るところで同乗させてもらう。

川風は、肌を刺すほどの冷たさだが、菊之助は女物の袷《あわせ》と襦袢を重ね着で寒さを防いでいる。定五郎も、厚手の褞袍《どてら》で凌ぐ。それと二人には、吉兵衛のためにと滾《たぎ》るものがあり、気持ちの上からも熱がこもっている。

船の胴の間に座り、定五郎が菊之助に向けて語る。

「四、五年ほど前、俺は吉兵衛さんから聞いたことがある」

「へえ、どんなことで？」

「そのとき吉兵衛さんは、お花《はな》の顔を見て『――わしにも、あのくらいの齢の孫がいた』ってな。吉兵衛さんから昔のことを聞いたのは、後先それだけだった。おときから話を聞いたとき、訪ねてきた女ってのはその孫の母親じゃないかと、俺はピンとくるものがあった。しかし、訪ねてきた母娘の齢が止まってるってどういうことだい？」

定五郎の話が、幽霊に結びつく。

「どんなからくりだか、深川に着けば分かるでしょう」

「そのために、行くんだったな」

あれこれ考えていても仕方ないと、定五郎もこの場は得心した。

船は、永代橋《えいたいばし》を遠くに見て仙台堀《せんだいぼり》へと入った。深川万年町《まんねんちよう》の桟橋で下ろしてもらい、門前仲町へと向かった。

「菊ちゃんは、岡場所だった門前仲町ってところに行ったことがあるかい？」

歩きながら、定五郎が問うた。

「いや、一度もないですよ。岡場所であったときは、おれはまだおふくろのおっぱいを吸ってたころから少し経った餓鬼でしたから。定五郎さんは……？」

「俺だって、そのころはまだ子供だった」

勘定をすると、当時菊之助は五歳、定五郎は十歳を少し越したところである。郭《くるわ》で遊ぶのには、まだほど遠い年齢である。

「遊郭の灯りが消えてから、二度ほど門前仲町には来たことがある。だいぶ前だが、親父に連れられてな。富岡八幡宮の縁日で、一泊するのに泊まったのが門前仲町の宿だった。その当時は高輪《たかなわ》に住んでたんで、ちょっとした旅気分てところだな。その宿屋で、まずい海鼠を食わされたのを憶えている」

「えっ、海鼠ですかい？」

海鼠と聞いて、菊之助が驚く顔を向けた。

「俺もきのう菊ちゃんから海鼠漁の件を聞いたとき、驚いたんだ。もしかしたら俺の泊まった宿が浦松屋だったかもとな」

その当時は、吉兵衛の内儀のお峰も女将として腕を振るっていた。

「俺が泊まったとき、主らしい男と若いのが、大声で怒鳴りあっているのが聞こえてきた。『ちゃんと働け！』と親父は叱咤し、若いほうは『うるせえ、このくそ親父』

って、やり返していた。それが、今思えば吉兵衛さんと寅八さんのいがみ合いだったんだな。そうすると、寅八って人は、俺よりかいくつか年上ってことになる」

「なんだか、ずいぶんと縁を感じますねえ」

「ああ。おれもきのう話を聞いたとき、えらく驚いた。そんなんで、俺も一緒に捜そうと思ったんだ」

「なぜに、きのうその話をしなかったので？」

「夜も遅かったし、話がごちゃごちゃになると思ってな。それと、吉兵衛さんの前では話しづらかった。あの人にとっちゃ、嫌な思い出だろうから」

定五郎の、ちょっとした心遣いであった。

「そうでしたか。だったら、先を急ぎましょう」

二人は、速足となった。門前仲町は、そこから五町ほどのところにある。

安政の大地震では、深川も甚大な被害に遭っていた。

海の埋立地で、もともと地盤が緩《ゆる》い土地柄である。門前仲町も壊滅的な被害で、遊郭にあった古い造りの女郎屋はどこも倒壊した。今は新しく建て替えられ、昔の風情は消え失せている。

定五郎が訪れたのは、大震災のずっと以前である。

「ぜんぜん憶えがねえ」

久しぶりに訪れた町並みに、定五郎の記憶は飛んでいた。浦松屋がどのあたりにあったのかも思い出せずにいる。

「ここは、誰かに訊く以外にないですね」

菊之助が言ったところに、ちょうど仲町の番屋があった。

番人に、浦松屋のあった場所を問う。すると、意外な答が返ってきた。

「浦松屋なら、あそこだよ」

親切にも番人は外に出て、浦松屋の在り処に指先を向けた。浦松屋という屋号は今も存在していたのである。

「こっから一町ほど行ったところに……看板が見えねえか？」

一町先の、軒から垂れ下がった看板の文字は相当に遠目が利かなくては読むことができない。

「ええ、ちょっと……」

首を振って、菊之助は答えた。だが、浦松屋という旅籠があると知って気持ちは明るくなっている。

ついでにと、番人に問う。

「今、浦松屋さんはどなたが主なんで？」

「寅八ってのが、主でいる」

「なんですって！」

菊之助と定五郎の、驚く声がそろった。

「何かあったので？」

怪訝そうな顔をして、番人が問うた。

「いや、なんでもありませんで……定五郎さん、急ぎましょうや」

番人に事情《わけ》を語ることなく、二人はさらに速足となって一町先の浦松屋へと向かった。

「いったいどうした具合なんで？」

「さあ。行ってみれば、分かるでしょうよ」

急ぎ足で話をすると舌を嚙む。互いの言葉も、早口となった。

七

建屋に、女郎屋であった面影はない。

『旅籠浦松』と染め抜かれた水引き暖簾《のれん》の下の、二間《けん》の間口《まぐち》は開いたままで、旅人の来訪を待っている。どこにでもあるような、ごく普通の宿屋の風情であった。

菊之助と定五郎が、並んで足を踏み入れた。

「いらっしゃいませ」

間髪いれずに、片襷《かただすき》をした仲居が近寄ってくると、甲高い声がかかった。

「すまない、泊まり客じゃないんだ」

定五郎が、申し訳ないと頭を低くした。

「お泊まりのお客さんにしては、どうりでお早いお着きと思いました」

四ツ前ならば、まだ朝のうちである。旅立つ客があっても、泊まり客が来る時限ではない。

「こちらのご主人は、寅八さんと聞いてきたんですが……」

女物の、派手な衣装に身を包んだ菊之助に、仲居の目が潤みをもった。三十歳前後の大年増《どしま》で、この手の女には面相のいい男に惹かれる性質が多い。

「はい……」

仲居が、いく分艶《なまめ》かしげな仕草を見せた。菊之助の頼みなら素直に聞いてくれそうだと、定五郎は一歩引いた。

「すまないけど、呼んできてもらえんですか？」

「どちら様で……？」

菊之助と言っても相手には通じないだろう。ここは真正面から切り出すことにした。

「吉兵衛さんの遣いと言ってもらえれば分かると思います」

それで寅八が拒むかどうかは、一種の賭けであった。吉兵衛と聞いても、仲居に驚く様子はない。

「かしこまりました。少々お待ちください」

礼儀正しく言葉を返し、仲居は奥へと入っていった。その間にも、菊之助は宿屋の中を見回した。ほかに奉公人は見当たらない。正月も過ぎ閑散期となっているのと、半端な時限である。戸口に一人残し、みな奥で仕事をしているものと取った。

「どうだい菊ちゃん、寅八さんは会ってくれるかね？」

そこに、定五郎の問いがあった。

「さあ、どうでしょうかね。ですが、嫌だと言ってもここは引き下がることもできんでしょう」

「ああ、そうだな。しかし、これで寅八さんを捜す手間がなくなったってもんだ」

「さいですね」

菊之助と定五郎が話をしていても、なかなか寅八が出てこない。仲居も奥に引っ込んだままであった。その間、ほかの奉公人は一人も顔を見せない。

「やはり、嫌がってるのかな」

定五郎が言ったところで、奥から足音が聞こえてきた。

「お待たせしました。主がお会いすると申しております。どうぞ、こちらに」

仲居のうしろにつき、寅八の部屋へと案内される。

「お客様をお連れしました」

「入っていただきなさい」

閉まった障子越しに声をかけると、野太い声が返ってきた。

吉兵衛から聞いていたように、寅八は三十半ばに見える。

大柄の体軀で、舟で鍛えられた体は頑丈そうである。三十半ばだが、額に刻まれた皺に苦労のあとが感じ取れる。その物腰に、押し出しのよさと風格を持ち合わせ、内側から醸《かも》し出す独特の雰囲気に、菊之助と定五郎は初見《しょけん》から、寅八に本物の男を見る思いに駆られた。吉兵衛の話にあった、昔は悪童であったとはとても思えない。

——この男なら話に乗ってくれる。

と、菊之助の第一感であった。

向かい合って菊之助と定五郎が座る。互いに名を名乗り、初対面の挨拶は済んだ。

「吉兵衛からの遣いと聞きましたが……」

用件の切り出しは、寅八からであった。吉兵衛と呼びつけにするところは、父子の縁が切れていないように取れる。

「吉兵衛さんをご存じで？」

「ええ。手前が知っている吉兵衛という名でしたら、父親しかいません」

寅八の受け答えは、落ち着き払っている。本来ならば驚く顔を浮かべ、まずはどこに住んでいるのかと訊いてくるはずだ。

「吉兵衛さんがどこにいるか、知りたくはないので？」

問いが、定五郎から発せられた。

「つい最近、浅草にいることを知りました。浅草駒形堂《こまがたどう》近くの……あと二、三日したら、こちらからうかがおうとしていたところでした」

「するど、ご存じでしたので?」

「ええ。八年もかかって、ようやく捜し出すことができました。それで、親父は達者なので?」

寅八の問いに、菊之助と定五郎は互いに顔を見合わせた。現状を、話してよいかどうか迷ったからだ。その様子に、寅八の眉間に縦皺ができた。

「どうやら、芳《かんば》しくなさそうで」

「ええ。脳卒中を患《わずら》って、今は床《とこ》に伏せってます。医者の話ですと、一時《いっとき》助かっても余命はいくばくもないと……」

菊之助が、言いづらそうに語った。

「なので、一刻も早く寅八さんを捜し出そうと……まさか、ここで宿屋をなさっているとは、夢にも思いませんでした」

「ところで、どうしてここに? 手前が宿屋を建て直したのを、親父は知らないはずですが」

「先日、吉兵衛さんから初めて身の上を聞き出しました。ええ、寅八さんのことも、お内儀のお峰さんを亡くしたことも。それでもって生じた、お二人のことも……長屋という一緒の屋根の下で暮らしていても、互いに昔の詮索はし合いっこなしにしようというのが、うちらの暗黙の了解でして。ですが、吉兵衛さんは進んで話をしてくれました。というのも先日、吉兵衛さんを訪ねてきた女の人がありまして。一度目は独りで、そして三日後……きのうのことでしたが、三歳くらいの女の子を連れてまた来ました」

「三歳くらいの女の子……ですかい？」

「ええ」

覚えがあるのかないのか、寅八は顎に手をあてて考えはじめた。そして、菊之助に顔を向けて問う。

「そこのところ、詳しく話してはくれませんか？」

「ええ、よろしいですとも」

菊之助のほうも、腑に落ちないでいる。

女がけったい長屋を訪れたときのこと。そして、吉兵衛から聞いた昔話を要約して菊之助は語った。

「その女の人とお子に、寅八さんは覚えがないですかね？」

下を向いて考える寅八の顔をのぞき込むように、定五郎が一膝繰り出して訊いた。

「ほたるとお初……いや、そんなことはねえ」

独り言のように寅八は口にすると、大きく頭《かぶり》を振った。

「ほたるさんとお初ちゃんは、震災でもって……」

「ああ、たしかに亡くなっている。あのとき……」

寅八の口から、経緯が語られる。

「手前は、大坂《おおさか》にいて江戸の大地震を知りましてね……」

吉兵衛と喧嘩し、浦松屋を飛び出した寅八は江戸に止《とど》まらず大坂に移り住んだ。自分の子を、ほたるが身ごもっているとも知らずに。一年後、人を介してお初という子供が生まれたのを知った。逢いに行きたいがどうにもならず、三年の月日が過ぎた。

そして、あの大地震である。

寅八は、娘が無事であるかどうか、居ても立ってもいられず大坂を飛び出し江戸へと向かった。

急ぎ足でも、片道十五日はかかる。寅八は金を積んで、大坂の港から出る江戸行きの船に乗り込んだ。救援物資を運ぶ菱垣廻船《ひがきかいせん》である。それでも、三日はかかった。報せを受けたのは、震災後三日目。寅八が江戸に着いたのは、震災後六日経ってからである。

一日早ければ、吉兵衛と出会えたかもしれない。だが、茫然自失となった吉兵衛は、五日後に深川門前仲町をあとにしたのである。

「江戸に着いたら、浦松屋は跡形もなくなってましてね。黒焦《こ》げとなったほたるとお初の遺体を見たときは、もう何がなんだか……初めてわが子に……あんな姿と対面するなんて、思いもよらなかった」

寅八は袂《たもと》から手巾《しゅきん》を取り出すと、目からこぼれる涙をふき取った。くぐもる声であった。

やはり、ほたるとお初はそのときに亡くなっていた。

「親父の遺体がなかったのは、そのためでしたか」

すでに、吉兵衛が難を逃れ浅草に着いた経緯は語ってある。

「もう一日吉兵衛さんがそこにいたら、会えたかもしれませんでしたね。だが、ほたるさんとお孫さんが……居ても立っても、いられなかったとおっしゃってました」

菊之助が、辛さを堪えて言った。

「それからというもの、手前はほたるとお初の供養をし、浦松屋の再建に乗り出しました。昔の仲間が手を貸してくれて、それから一年後に宿屋を再開することができました。捜さぬまでも、生きていれば親父はここに戻ってくるだろうと、ここで待ってました。ですが、いつまで経っても親父は戻ってこず、もうどこかでくたばっちまったものとあきらめてたところでした」

ここで寅八は一呼吸置いて、ふっとため息を漏らした。

「そう、五日ほど前でしたかね、親父らしき男が浅草にいると報せが入りまして。すぐに行きたかったが、生憎《あいにく》と手放せない用事が重なってしまいましてね。そんなとき、あなた方が訪れてきたってことです」

「すると、寅八さんが女の人を差し向けたのでは……？」

「いや、手前ではありません。その女というのも、まったく覚えはないし」

「ですが、吉兵衛さんの話ですと、その女と娘はほたるさんとお初ちゃんに間違いがないと……」

言っていて菊之助は愕然とする思いに駆られた。定五郎の顔も血の気が引いている。

「そんなわけない。二人は八年前にたしかに……」

「寅八さんにも、まったく覚えがないので？」

顔から脂汗を垂らし、定五郎が震える声で言った。

「ええ、まったく」

やはり、幽霊だったかと思わざるを得ない。しかし真冬の、しかも真昼間。季節外れに明るい時刻の幽霊なんて、聞いたことがない。寅八の顔にも、脂汗が滲んでいる。それを手巾で、拭き取っている。

「……すると、いったい誰なんだ？」

三人が、同じ呟きを発した。


そのころ、浅草諏訪町《すわちょう》のけったい長屋では騒動が持ち上がっていた。

いつものように、井戸端でおときとおよねたちが四人して洗い物をしていた。話題は、吉兵衛のところに訪れる女と娘の怪談話である。

「……まったく、怖い話があるものですねえ」

大工政吉《まさきち》の女房お玉《たま》が、顔を顰《しか》めながら言った。

ちょうどそこに、カランコロンと下駄の足音が近づいてきた。その足音におときが気づき、顔を上げた。この日は女児の連れはなく、あの女独りである。

「あっ！」

言ったままおときは絶句し、顔からにわかに血の気が引いた。絞っていた定五郎の褌を地べたに落としても、気づかぬほどだ。およねもお玉も、そして占い師元斎《げんさい》の女房お松《まつ》も、驚きで声が出せないでいる。

「こんにちは……」と挨拶されるも、「ここここ……」と、鶏のように声が引きつり、返すことができないでいる。

「どうかなされて？」

女からの問いであった。

このままではいけないと、おときが気丈にも訊ねる。

「ほたるさんで……？」

「えっ、ほたるって？　あたし清《きよ》といいまして、そんな名ではありません」

井戸端の、四人の顔に血の気が戻る。

「それでは、娘さんはお初ちゃんというのでは……？」

「いいえ。お夏《なつ》と申しますのよ、七月生まれだから」

「すると、吉兵衛さんのお孫さんでは……」

「お孫さんて、どういうことかしら？」

「おじいさま、お会いできてうれしいですって言ってたそうで」

「そりゃ、お夏からみれば、あの齢の人はみなおじいさまでしょ」

話がおかしくなってきている。首を傾げながら、およねが問う。

「吉兵衛さんとは、どんな関わりなんです？」

声に、震えはない。

「三年半ほど前のこと……」

お清という女が語りはじめた。まだ、吉兵衛が達者なころである。

「そのころあたしはお夏を身ごもってまして、もう生まれる間際《まぎわ》のことでした。大川の土手で陣痛が起こり、苦しんでいたところを吉兵衛さんに助けられたのです。そのおかげであたしもお夏も助かったのです。吉兵衛さんは、あたしたちにとって命の恩人なのです。それからというもの……」

一言礼が言いたくて、吉兵衛の居所を探していたという。

「ようやく見つかりまして、それが先日のこと。そして、きのう顔を見せたいと、お夏を連れてきたのです」

「でも『あたしには、おとっつぁんがいないの』とまで……」

初対面にしては馴れ馴れしいのでは、とおときが言葉を挟んだ。

「ええ、夫とは離縁し、お夏には父親がいないのです。それと、あたしはお夏に、ものの心ついてからずっと吉兵衛さんのことを話していたのです。おまえが生まれたのは、吉兵衛さんのおかげだと。それで、お夏も自分の祖父と思い込んでいたのでしょう。ところで、なぜにあたしの顔を見てそんなに驚かれるのかと……？」

お清が訝《いぶか》しげに訊いた。

「実は……」

経緯を説いたのは、おときであった。

「そんなことがあったのですか」

話を聞き終え、お清が驚愕する。

「吉兵衛さんから、聞いてなかったので？」

「ええ。でも、どおりで話がおかしいと思いました。最初に顔を合わせたとき、なんだか怯《おび》えていたようで『――すまなかった』と、詫びるのですもの。でも、今聞けば、おそらく吉兵衛さんはあたしとお夏の顔が、ほたるさんとお初ちゃんに重なって見えたのでしょうね。怖がらせて、悪いことをしてしまいました。ごめんなさい」

幽霊の正体見たり枯れ尾花。その後、お清は吉兵衛の容態を見舞い帰っていった。

怪談噺《ばなし》は、これでけりがついた。


それから二刻ほど経った昼八ツ半どき。

菊之助と定五郎が、一人の男を連れて戻ってきた。

「お父っつぁん……」

吉兵衛と寅八の、十一年ぶりの再会であった。だが、吉兵衛のほうは目を覚ますことなく眠ったきりである。

「浦松屋を建て直したから、帰ろうや」

寅八がかける言葉に、吉兵衛の返事はない。

「今度は俺が、お父っつぁんの面倒を見る番だぜ」

菊之助と定五郎、そして兆安が寝床の周りを囲んでいる。吉兵衛に話しかける寅八の言葉を、黙って聞いている。

すると、兆安が小さく首を振った。

「お父っつぁん、笑ってやがら」

お清とお夏のおかげで、当人たちではないとはいえ、吉兵衛は心の中でもって、ほたるとお初との再会を果たせた。そして、寅八とも縒《よ》りを戻すことができた。

「……こんな大往生《だいおうじょう》はないな」

菊之助の、小さな呟きであった。

第二話　災難の火種

一

昼過ぎからちらほらと降り出した牡丹《ぼたん》雪が、細かな結晶となって本降りとなった暮《くれ》六ツころのこと。

「……あれは、笠松《かさまつ》様。こんな雪が降る中、どこに行くんだい？」

木戸から出ていく笠松十四郎《じゅうしろう》のうしろ姿を、長屋の住人で見かけた者がいた。誰がどこに行こうが普段は気に止めたりはしないが、暗さが増して雪が降りしきる中に出かける姿が、妙に印象に残った。

笠松十四郎が、浅草諏訪町の宗右衛門《そえもん》長屋こと通称『けったい長屋』に住み着いたのは、文久四年の年が明けて間もなくのことであった。

裏長屋に住まいを求めるくらいだから、主家《しゅか》を持たず俸禄を得ないうらぶれた浪人の身である。

着古した袷《あわせ》と袴《はかま》は、汚れの染みでもって染め抜かれたように、濃淡の斑《まだら》模様となっている。生地のところどころにかろうじて、桔梗《ききょう》鼠《ねず》の元色が残るだけである。引っ越してきてから、十四郎が外に出るときはいつも同じものを着ている。着たきり雀《すずめ》の様子が、なおさら貧窮の度を示していた。それに加え、月代《さかやき》も剃らずぼさぼさに伸びた髪からも、浪人になってからかなりときが経ったものとうかがえる。

世間でいう、食い詰め浪人といったところか。だが、今のところ笠松十四郎に暗い影は見えない。

誰と顔を合わせても挨拶は如才がないし、話を交わしても笑顔を絶やさず、受け答えも愛想がすこぶるよい。

長屋の連中からは、好人物ととらえられている。だが、この笠松十四郎が、元はどこの主家に仕官し何をしていたかとは誰も訊かぬし、十四郎自身が自分を語ることもなかった。なので、その身元を知る者は、けったい長屋の中で誰もいない。

大家の高太郎でさえ、貧しくも人のよさそうな立ち居振る舞いに、身元を詳しく確かめることなく居住を許した。それには、多分に空き家の無駄をなくそうとの心積もりが見て取れる。もっとも、誰かの紹介があったはずだが、それがどこの誰かとは高太郎も語らない。

笠松十四郎の素性で知れることといえば、四十歳を過ぎたあたりの、妻子を持たない独り身であるということだけだ。

長年の独り暮らしで慣れているのか、食の賄《まかな》いは自ら膳立てする。けったい長屋には、数人の男の独り身がいるが、みな大概《たいがい》は食事を外で済ませ、自分で作ったりはしない。だが、この笠松という浪人は自分で米も炊《た》けば、おみおつけも作る。しかし、さすがに井戸端でかみさん連中に交じって、米を研《と》いだり大根を洗ったりはしない。賄いの用意は、人が起き出す前の早朝に済ませている。

「――ご飯くらい、あたしたちが炊きますよ」

十四郎が越してきた当初、人のよいかみさんたちが賄いを買って出た。押し付けがましいと思ったが、そこは助け合いの精神が育《はぐく》まれている。

「いや、かまわんでくれ。自分のことは自分でやる」

と、強い口調で断られた。顔を赤らめ十四郎がむきになったのは、後先このときだけである。

「いや、口調が強すぎた。すまぬ、このとおりだ」

だがすぐに深く頭を下げ、言葉の荒さを詫びた。これには、かみさん連中もむしろ恐縮する。

「余計なおせっかい、かえって申しわけございませんでした」

侍に、頭を下げられたことなどこれまで一度もない。武士とはふんぞり返っているものだと思い込んでいる者たちにとって、十四郎の謙虚さにはかなりの好感を持ったものである。

「そんなことで、井戸を貸してもらうがよろしいかな？」

「どうぞどうぞ、ご遠慮なくお使いください。ここの水は、かなり深く掘って湧き出たものですから、冬は暖かく夏は冷たくてそのまま飲んでも美味《おい》しいですのよ……って、先代の大家さんが言ってました」

担ぎ呉服屋定五郎の女房おときが、井戸の薀蓄《うんちく》を語った。

それからというもの、笠松十四郎がかみさんたちと同じ刻に井戸端に出てきたことはない。

十四郎が住み着いて、二十日ほどが経った日の早朝。

夜がゆっくりと明けるころのこと。十四郎が井戸端で、魚を調理しているのを見た者がいる。

賭場で一夜を過ごし、朝帰りした壺振《つぼふ》り師《し》の銀次郎《ぎんじろう》である。

高襷《たかだすき》をかけ、寒空の下の水仕事に銀次郎は声をかけようとしたが止めた。他人に見られるのが嫌で、人が起き出す前に飯の支度に取り掛かっていると思い、気を利かせたからだ。

井戸端の脇を通らなくてはならず、そうなると家にも入れない。仕方がないと、銀次郎は木戸の外でしばらく待つことにした。

すると、十四郎の動きに銀次郎の目が釘付けとなった。

「すげえ！」

銀次郎が目を瞠《みは》ったのは、十四郎の包丁《ほうちょう》捌《さば》きである。俎板《まないた》に大根を載せると、目にも止まらぬ速さで細切りにする。包丁の速さだけではない。俎板に包丁の歯が当たる音がまったくしないのだ。本来ならば、トントントンと調理をする音が心地よく聞こえるのだが、そこは早朝である。音が迷惑になるとの気遣いを感じる。

「たいしたもんだ」

賽子《さいころ》を振る壺振り師として、手先の器用さが要求される仕事に銀次郎も身を置いている。職人技として、そこいらの調理人にも負けず劣らず、いやそれ以上の腕前だと銀次郎は感服した。

「……どこであういう技を習ったい？　あれほどの腕だったら、何もこそこそするこたあねえのに」

銀次郎がさらに驚いたのは、そのあとである。

「なんだい、あの魚は？」

遠目からしても、かなり大振りの魚をぶら下げている。そして、俎板に載せると、魚の捌きにかかった。

俎板に載っているのは、目の下三尺以上もあろうかという大きく育った寒鰤《かんぶり》である。鰤など、庶民には滅多にお目にかかれぬ高級な魚である。そんなもの、どこでどう仕入れたのか、本人に訊いてみないと分からない。だが、今出ていってそれを訊くのは銀次郎でもはばかられる。

足踏みをしながら寒さを堪え、銀次郎は十四郎の包丁捌きを見やった。

鰤をおろすには、出刃包丁で鱗《うろこ》をそぎ取ることからはじまる。鰓《えら》から包丁を入れ、頭を落とすまでも手馴れたものだ。次に腹に包丁を入れ、内臓を取り出す。そして胸びれ背びれを取り、一番美味《うま》いとされる部位の鎌《かま》を落とす。一連の動作を速《すみ》やかに、まったく苦もなくやってのける。魚屋か漁師か料理人か、いや笠松十四郎は落ちぶれたとはいえ侍である。

中骨と身を切り離す三枚おろしが、魚の捌きでは一番難しいとされる。ここがうまくできれば、一丁前の包丁人だ。それを十四郎は、難なくこなした。

骨と身が離され、三枚におろされる。四つに柵取《さくど》りされた本身は、刺身や焼き物にでもするのだろうか。それを頭に描いた銀次郎は、ゴクリと生唾を呑んだ。

すべての作業を、四半刻もかからず成し遂げ、井戸端をきれいに洗い流すと、何ごともなかったように十四郎は自分の住まいへと戻っていった。

十四郎がいなくなったあと、銀次郎が井戸に近づく。血合いも内臓もすべて片付けられ、その場から生臭さも消えている。

そのうちに夜が明け、明け六ツの鐘が鳴るとともにかみさん連中が、朝餉《あさげ》の支度で起き出してきた。

きれいに掃除までしたものの、多少は調理の痕跡は残っているものだ。

「おや、魚の鱗が落ちてるよ」

気づいたおよねが、地べたに落ちている鱗を拾った。

「あら、ここにも落ちてる」

大工政吉の女房お玉が、自分でも拾って言った。

「鯛《たい》じゃないよね、鱗が細かいし……なんだろ？」

「誰か、お魚を捌いた？」

五人ほどが、井戸に集まっている。おときの問いに、一同そろえて首を横に振った。

「いいえ」

口をそろえるそこに、「あっさり〜しんじみ〜……」と美声を発して棒手振《ぼてふ》りが、天秤《てんびん》を担いで木戸の中へと入ってきた。

浅草御蔵《おくら》近くの三好町《みよしちょう》で店を出す、魚屋『魚好《うおよし》』の小僧朝吉《あさきち》であった。

半年ほど前母親を亡くし、そのときあったいざこざにより、数日けったい長屋で匿《かくま》ったことがある。今では、そのときの心の傷もすっかりと癒え、三日に一度ほどけったい長屋を訪れては、浅蜊《あさり》と蜆《しじみ》を売りに来ていた。

一つ齢を取り、十三歳となって少したくましさが増してきている。

寒蜆《かん》が旨いと、その日は五軒がみな蜆を買った。

「どこんちも、今朝はしじみかい」

魚好の貝類は砂抜きをしてあるので、買ってすぐに調理ができる。そこが重宝《ちょうほう》だと、女房連中は喜ぶ。

「ところで、朝吉ちゃんさ……」

おときが、怪訝そうな表情で朝吉の名を呼んだ。

「なんでしょう？」

「ちょっと、これを見ておくれな」

と言って、おときが指でつまんだ鱗を差し出す。

「これって、なんの魚か分かるかい？」

手に取るまでもなく、朝吉はうなずいた。

「ああ、これは鰤ですよ。寒鰤は、今が旬ですから」

もう、口は一端《いっぱし》の魚屋である。いずれは魚好を継《つ》ぐのであろうが、今はまだ蜆と浅蜊売りでみっちりと商いの修業をする身である。

「井戸端に、こんな鱗が落ちててね……なんでだろうと、みんなして不思議がってたところなんさ」

おときの言葉に、朝吉が答える。

「これは、かなり大きい脂《あぶら》がのり切った寒鰤の……」

鱗だけでもって、魚の種類とその大きさが分かる。さすがだねと、朝吉の博識に感心するが、同時に首も傾いている。

「そんなもん、誰がおろしたんだい？」

「ここには誰もいないよ、そんな人は」

おときの問いに答えたのは、およねであった。

「だいたい、うちの亭主の稼ぎじゃそんな大きな魚を買えるわけないし」

占い師元斎の女房お松が、自虐口調で言った。

「うちだってそうだよ。だいいち、そんな鰤なんて食べられる人たちゃ、ここには住んじゃいないよ」

お松の物言いに、あははと一同の笑いが立った。だが、朝吉は笑うでなく下を向き、表情の変化を堪えている。そして、地面に顔を向けたところで前方から男の声が聞こえた。

「みなさん、おはようございます」

と、まずは朝の挨拶が井戸端に向いた。

にこやかな笑顔を向けてきたのは、笠松十四郎であった。その笑いには、ちょっと驚かせてやろうかという、いたずら心が含まれている。

「おや、笠松様……」

十四郎が、かみさん連中が集《つど》う井戸端に顔を見せるのは珍しい。朝餉の支度を邪魔してはという配慮を、かみさん連中は感じている。

十四郎の手には、かなり重そうな大きな鉄鍋がぶら下がっている。

「どなたか、手伝ってもらえんかな？」

十四郎の言っている意味が分からないか、すぐには返事がない。

「重くての……」

「あっ、ごめんなさい、気づかなくて」

若くて力のありそうなお玉が十四郎に近づき、鍋の取っ手の片方を持った。

「すまんな、お玉ちゃん」

十四郎が礼を言うも、鍋には蓋《ふた》がしてあるので中身は分からない。ただ、いい香りが、蓋から漏れる湯気に混じっている。

「どっこいしょ。お玉ちゃん、ありがとな」

礼を言いながら、井戸の脇にある縁台に鍋が下ろされた。

得意顔をして、十四郎が鍋の蓋をあけた。

「みなさんで、食べてもらおうと思ってな……鰤のあら汁を拵《こしら》えた。それと、身のほうは刺身にしてある。あとで分けて進ぜよう」

十四郎が言う間も、みな啞然とした面持ちである。まさか、笠松十四郎が魚の調理をしているなどと誰も思っていなかったからだ。

「いやあ、三年ぶりに包丁を持った」

十四郎の声音に、どうだとばかりの響きがあった。

二

鰤のあら汁は、銘々が持ち寄る鍋や丼に移され分けられた。

そして、鰤の柵を持ってくると、手慣れた包丁捌きで刺身に切り分けた。柳葉包丁の使いこなしも堂にいる。大振りの鰤だけに、長屋全員と大家の高太郎の分までも充分にある。細切りにした大根は、刺身のつまのためであった。

「できたので、みなさん、分けてください」

独り身は全員、菊之助も、壺振り師の銀次郎も、将棋指しの天竜《てんりゅう》も、講釈師の金龍斎貞門《きんりゅうさいていもん》もその中に交じっている。

その様子を、商売を忘れて朝吉は見ていた。

しばらくして朝吉がけったたい長屋を出ていったのに、気づく者はいない。

朝吉の代わりに入ってきたのは、大家の高太郎と近々一緒になるお亀《かめ》であった。報せが行ったか、高太郎の手には大振りの鍋、お亀の手には差し渡し一尺の大皿が持たれている。

「そんな大きなもの持ってきたって、そんなには分けられませんよ」

十四郎の言葉に、お亀が恥ずかしそうに大皿を背中に隠した。

「実はな……」

銀次郎が前に出て、朝方のことを語った。

「それはすげえ包丁捌きだったぜ。あんなの、見たこともねえ」

「なんだ、見ておったのか」

「黙って、見させてもらってました。あまりにも包丁の腕が達者なので、声をかけることもできやせんでしたぜ」

「銀次郎の、いかさま賭博《とばく》もたいしたものだと聞こえておるぞ」

「誰ですかい、そんないい加減なことを言う奴は？　よしておくんなせえよ、胴元にでもばれたら、あっしの命がたちどころになくなりますぜ」

「いや、まったくの冗談だ。すまん、たとえ戯言《ざれごと》でも言ってよいことと悪いことがあったな。このとおりだ」

十四郎が、銀次郎に向けて深々と頭を下げた。

「いや、かえって恐縮だ。頭を上げてくだせえよ、笠松様」

こんな謙虚な姿勢にも、長屋連中の好感はますます増してきている。

「それにしても、どこでそんな包丁捌きを習ったんですかい？」

銀次郎の、訊きたかった問いであった。それによって、十四郎の前身が分かるとみなが聞き耳を立てている。

「そんなことはどうでもいいだろ。さあ、汁は冷めるし、刺身は足が早いからすぐに食べたらいい」

集まった長屋連中を追い払うように、十四郎は声を発した。そして銘々は、自分の家へと引き上げていった。

「……これだけじゃ、職人さんたちに振舞えないわね」

木戸を出て行く際、お亀がポツリと漏らした。

皿は古伊万里《こいまり》の絵皿で、高級そうである。その大皿の中ほどに、刺身の切り身が十枚ほど盛られている。

大家の高太郎といえど、分けられた量はみなと同じである。

「ちょっと大きな鍋やったな」

高太郎の手にする鍋には、底のほうに鰤のあら汁が溜まっている。

「小ぶりの鍋でよかったのに。あたし、恥ずかしかった」

「大きな鍋を持っていこうと言ったのは、あんさんだっせ。それに、大皿まで引っ張り出してきて……」

二の句が継げないか、お亀の返事はない。

「それにしても、あの笠松さんて方は、昔何をしてたんやろな？」

高太郎の問いは、自分に向けてであった。


同じころ、独り身で呟く者がいた。

「……まあ人それぞれで、なんでもいいや。こいつを肴《さかな》に、朝酒といくか」

菊之助などは、刺身を肴に朝から酒に取り掛かった。

「菊之助、いるかい？」

そこに訪れたのは、銀次郎であった。思いは同じか、手に二合徳利をぶら下げている。それから間もおかず、天竜が「菊ちゃんいるかい？」と言って、訪ねてきた。

みな思いが同じで、あら汁と刺身は酒のほうが合うと持ち寄った。

「独りでじゃ気が利かねえから、一緒に呑もうと思ってな」

「たまには、近況を語り合うのもいいんじゃないですかい。さあ、どうぞ上がって」

菊之助のところで、朝っぱらから三人の宴会がはじまった。

「笠松様ってのは、何をしていたお方なんで？」

話題が笠松十四郎のことに触れる。銀次郎の問いであった。

「いや、おれもあまりあの人とは話をしたことがないし、分からねえ」

菊之助自身も、十四郎のことはまったく無知であった。天竜ならば、なおさらである。齢は似通っているが、挨拶以外は一度も口を利いたことがないという。

「思えば、誰も笠松さんのことを知らなかったんだな」

天竜の言葉に、菊之助と銀次郎がそろってうなずく。

「でも、きょう初めて知りやしたぜ。あんなことができるなんて、人ってのは見かけによらねえもんですねえ」

銀次郎が、そのときの様を、酒を呑みながら語った。

暇人《ひまじん》が三人そろうと、酒も歯止めがなくなる。途中で銀次郎が酒を買いに行き、二《に》升《しょう》と五合《ごごう》ほど呑んだところで、正午を報せる鐘の音が聞こえてきた。

そして、正午の鐘が鳴り終えてから四半刻も経つとすっかりと出来上がってしまい、三人の頭が朦朧《もうろう》としてきた。

そこへ——。

「たっ、大変だよ、菊ちゃん」

大声を上げて入ってきたのは、おときであった。

「ああ、おときさんか……ちょうどいい、上がって酌でもしてくれんか。ちょっと、女っ気が欲しかったんでな」

返したのは、天竜である。

「何言ってるんだい、あたしゃ芸妓《げいぎ》じゃないよ。それに、なんだいあんたら、昼間っからそんなに酔っ払っちまって。外の騒ぎが聞こえないのかね？」

「外の騒ぎだとう……どうかしたんか？」

呂律《ろれつ》の回らぬ口調で、菊之助が訊いた。

「やだよ、菊ちゃんまで。今、御番所からお役人が来てさ……」

「御番所の役人だって？」

博奕打ちは、役人という言葉に敏感である。銀次郎が片膝を立て、逃げる体勢を取った。

「お役人のご用があるのは、ここんちじゃないんだよ」

「ならば、どこなんで？」

「笠松様のところだよ。だから、早く来ておくれってんだよ」

おときが絶叫する。ほかの男衆《おとこし》はみな、仕事で出払っている。長屋に残っている男は、ここにいる三人だけであった。

「まったく、肝心なときに酔っちまってんだから」

おときが、呆れ口調で嘆く。

「よわったね、これじゃ役に立ちそうもないよ。どうしたら、いいもんだかね？」

おときは三人に聞こえるよう、声を高めにして独り言を吐いた。

「笠松様がどうしたって……？」

すると菊之助が立ち上がり、足を流し場のほうに向けた。甕《かめ》から柄杓《ひしゃく》で一杯水を掬《すく》い、一気に飲み干すと菊之助の酔いはわずかながらも醒めた。

俺も俺もと、天竜と銀次郎も水を飲み干すと、おときに連れられるように三人そろって外へと出た。

すると、二軒隣の十四郎の家の前に捕り方役人が数人寄棒《よりぼう》を掲げて立っている。襷がけに頭に鉢巻をしたところは、捕り物支度である。だが、小役人ばかりで、先頭に立って指揮を執《と》る者がいない。すると、中から障子戸が開いた。

最初に出てきたのは、笠松十四郎であった。うな垂れて、いつもよりずっと小さく見える。先ほどまで、長屋の連中に振舞うため魚をおろしていた男とは、まったく別人の様相である。十四郎のうしろには、紋付羽織に平袴を穿き陣笠を被《かぶ》った役人である。紫《むらさき》の十手《じって》の色からして、北町奉行所の与力と取れる。

笠松の異様な事態は、酔っていてもすぐに判別できた。

早縄を取られ、体に巻きつけられた縄の先端は、陣笠を被っていないが捕り方装束の、もう一人の役人の手に握られている。その様を見た瞬間、三人の酔いは一気に覚めた。

捕り縄を握り、朱房《しゅぶさ》の十手を腰に差したその男の顔に、菊之助は見覚えがあった。以前「――俺は北町奉行所の五十嵐大助《いがらしだいすけ》ってんだ」と、自ら名を語っていた。昨年から、浅草一帯も見廻る定町廻り同心であった。そのうしろに、小太りで鼻が上に向いた岡引きが立っている。菊之助とも顔なじみの、伝蔵《でんぞう》親分であった。

三

外に出てきた伝蔵に、菊之助は数歩進んで近づいた。

「いったい何があったんです？」

　呂律は回っている。はっきりとした口調で、菊之助が問うた。すると、無言で伝蔵の首が横に振られた。今は話せないとの意味が含められている。

「なぜ言えないんで？」

　おのずと菊之助の口調も強くなる。

「人殺しだ」

　すると、小さな声で伝蔵の答が返った。ただその一言だけなので、ことの次第はまったく伝わってこない。

「……人殺しって？」

「この一月《ひとつき》の間に……」

　伝蔵の言葉が止まったのは、五十嵐が振り向いたからだ。

「おい伝蔵。何してやがんで？」

　伝蔵が立ち止まったのを、咎《とが》めたのである。

「落ち着いたら、また来る」

　さらに小声で言って、伝蔵は五十嵐のあとについた。

　笠松十四郎が、捕り方役人たちに囲まれて木戸から出ていく。長屋の住人は、ただ呆然として見送るだけであった。

菊之助も、その場に立ち尽くす。

「菊ちゃん、どうにかならないのかい？」

およねが縋《すが》るように菊之助に問うた。

「今は、どうにもできねえ」

唇を嚙み、苦渋の答が返った。

「何がどうなってんのか……天竜さんでも、読めないかね？」

お松が、真剣師《しんけんし》と呼ばれる賭け将棋で糊口《ここう》を凌ぐ天竜に訊いた。

「そいつは、あんたのご亭主に訊いてみたほうがいいんじゃないか。占いの卦《け》のほうがよっぽど先が読める」

「銀次郎さん、あんたはどうなんだい……いや、あんたじゃ駄目か」

おときが銀次郎に問うも、すぐに引っ込めた。博奕打ちでは御番所《ごばんしょ》とは反《そ》りが合わず埒《らち》が明かないと思ったからだ。

「ここは、伝蔵親分を待つ以外にないな」

菊之助が、焦《あせ》る思いを押し留めて言った。

「ちょっと、人殺しって聞こえたが」

天竜が、菊之助に話しかけた。

「ええ、言ってましたね」

菊之助が、うなずきながら答えた。

「もしかしたら……」

そこに、銀次郎の言葉が重なり、菊之助の耳に入った。

「何か、銀次郎に心当たりがあるんか？」

「最近、お侍が辻斬りに遭って殺されてるらしいんで」

らしいと言った銀次郎の言葉に、信憑性は感じられない。

「そんな話、聞いたことないな。天竜さんはどうですか？」

「俺も、聞いたことがない」

菊之助に問いを振られ、天竜も首を振る。

「なぜに、銀次郎はそれを……？」

「賭場の客が、小声で言ってたのを聞いたんだ。つい、二日ほど前……」

菊之助の問いに、銀次郎が思い出すように遠くを見つめて語り出す。

その夜、三島《みしま》一家の賭場で壺を振っていた銀次郎が、ほかの壺振り師と交代となった。腹に異変を感じ我慢していたところだったので、急いで厠《かわや》へと走った。個部屋に入り用を達していると、盆を囲んでいた客が隣の小用に入ってきた。一人ではなく、連れがいる。その客たちの会話を、銀次郎はしゃがみながら拾った。

「――また一人殺《や》られた。拙者らも、気をつけんといかんな。のう、風間《かざま》殿」

「まったくだの……うーっ、寒い」

部屋で銀次郎が耳にしたのは、これだけであった。厠に人の気配がなくなったのを見はからい、銀次郎は個部屋から出た。

「……てな声を拾っただけなんで」

「賭場の客に、侍がいたのか？」

天竜の問いに、銀次郎が大きくうなずく。

「ええ、いましたぜ。二人連れの侍が……どこかの家中の、れっきとした侍と思われまさあ」

「……こんなご時世で、侍がよく博奕なんぞ打《ぶ》ってられんな」

天竜の呟きに、菊之助の言葉が重なる。

「武家でのいざこざってところか。だったら、町人たちまでは話が回ってこねえな」

世の中が、ひっくり返るのではないかというほどの動乱期である。武家同士での悶着は、至るところで生じているが、町人たちの耳にはいちいち入ってこないのが現状だ。

「だが、それが笠松様とどんな関わりがあるってんだ？」

「どうやら笠松様は、その下手人《げしゅにん》ってことでか？」

銀次郎の話を、菊之助と天竜は笠松十四郎が捕らえられたことと結びつけた。

「嘘でしょ、あのお人が……」

笠松十四郎が人殺しをしていたなどとは、にわかには信じられない話である。

「こいつは、なんかの間違いだぜ」

銀次郎がつづけて、声音を高くして言った。

「天竜さんも、そう思いやすかい？」

「あたりめえだろ、銀次郎」

天竜の、強い物言いに菊之助が首を振る。

「間違いだといってもな、今の状況じゃなんとも言えない。とりあえずここは、伝蔵親分を待つ以外にないな」

辻斬りの下手人とは思えないが、笠松十四郎のことを深くは知らないのだ。ひとまず冷静にならなくてはいけないと、菊之助は口調を落ち着かせた。

「そうだな。やたらと先を読んだって、いい手は見つかるもんじゃねえ。だいいち、銀次郎が聞いてきた侍の辻斬りと関わりがあるって、まだ決まったわけじゃねえし」

「人殺しが、あんな美味い物を作れるわけがねえ」

銀次郎が、言葉を重ねた。


それから四半刻して、雷《かみなり》の親分と異名を取る岡引きの伝蔵がけったい長屋に一人で戻ってきた。

伝蔵の足は、一番奥の菊之助のところに向いている。忙《せわ》しない足取りを、菊之助の家の戸口の前で止めた。

「ごめんよ、いるかい？」

返事を待たずに伝蔵が障子戸を開けようとすると、中のほうから戸が開いた。伝蔵が来るのを、菊之助は首を長くして待ち構えていたのである。

「どうぞ、入って……」

天竜と銀次郎も、伝蔵が来るのを待っていた。

「きょうは、賭場はねえんかい？」

銀次郎が丁半博奕の壺振りだということは、伝蔵も知っている。丸い顔に笑いを含ませ、銀次郎に訊いた。

「ええ……」

　銀次郎が、うつむきながら蚊《か》の鳴くような声で答えた。

　言葉に釣られ、開帳の日を教えるわけにはいかない。とくに、十手持ちにはなおさら口を固くしなくてはならないのだ。

「博奕は、その場じゃねえと押さえられねえからな、何もそんなに卑屈になることはねえぜ、銀次郎。それに、きょうは別の件で来たんだ」

　伝蔵が言う、別の件というのがなんであるか分かっている。

「日ごろ、世話になってるんでな……」

　伝蔵が、この件で力になってくれるのがありがたい。最近、長屋連中の活躍でいくつかの事件を解決してきた。それをみな、伝蔵親分の手柄とさせてきた。それだけに伝蔵も、長屋の者たちには恩義を感じている。恩返しのつもりが、口調に感じ取れる。

「なぜに笠松様が捕らえられたので。さっき、人殺し……って、言ってなかったですかい？」

　伝蔵が座るなり、早速菊之助からの問いであった。

「ああ、そうだ。三人も人を殺《あや》めたってことだ」

「三人も……」

菊之助も天竜も、そして銀次郎も同様の驚きを表情に浮かべた。銀次郎が言っていたことと符合する。

「だが俺は、どうもあの人が殺《や》ったとは思えねえんで」

奉行所から十手を預かる身の言葉としては意外である。だが伝蔵の、前振りの言葉からして想像ができた。

「だったらなぜに捕まえたんです？」

賭博で飯を食う、脛《すね》に傷をもつ天竜と銀次郎は、町方同心や岡引きには弱い立場だ。なので、主に問いを発するのは菊之助からである。

「証《あかし》がねえ」

無実を明かす証拠がなければ、口を出せないと伝蔵は言う。

「でしたら、殺したという証は……？」

「それもねえから、俺がここに来てんだ。だが、五十嵐の旦那は絶対に笠松って浪人が殺ったと言い張ってきかねえ」

「何を根拠に……っていうより、人殺しってのはいったいどういうことなんです？」

それが分からなくては、話が進まない。まずは事件を詳しく知ろうと、菊之助が問うた。

「あんたらは知らねえんか？」

　逆に問い返されるも、銀次郎が賭場で聞いてきたとは伝蔵には言えない。

「ええ。そんな話、長屋《こっち》には聞こえてきませんが」

「まあ、武家同士の喧嘩みてえだから、そういったことは大概がお目付様のところに回るんだろうけど。だが、この件は町方のほうに委《ゆだ》ねられてきた。勤皇《きんのう》だ佐幕《さばく》だと騒ぐご時世で、あちこちで侍同士のいざこざが絶えねえ。幕府を倒そうなんてふてえ連中を押さえるため、新撰組《しんせんぐみ》なんてのができたらしいしな。こっちにお鉢が回ってきたのも、お上《かみ》のほうも忙しいからかもな。まあ、そいつはどうでもいいとして、事件てのはな……その前に、こいつはここだけの話にしておいてくれ。まだ、誰にも言わねえようにな」

　伝蔵の体が前のめりになった。声音も、小さくなる。

「ええ、分かりました。おれたちは誰にも何も言いません。なあ、天竜さんに銀次郎……」

「ああ、俺は口が固いですから」

「あっしもですぜ」

　風貌からして二人とも口が固そうには見えないが、伝蔵から得心のうなずきが返った。

伝蔵が、事件のあらましを語る。

四

最初に事が起きたのは、正月が明け松が取れたあたりの十日ごろ。

その日、昼から降り出した雪が夕刻ごろから本降りとなった。暮六ツには雪が積もり、江戸の町は銀世界と化していた。

江戸でも有数の繁華街である浅草広小路《ひろこうじ》でも、人の姿はすっかりと消え失せている。

「火のよーじん」

拍子木を打ちながら、浅草田原町《たわらまち》の番屋の番人伊作《いさく》が夜回りで東本願寺《ひがしほんがんじ》の東門あたりに来たところであった。

上野《うえの》と浅草を結ぶ道で、普段ならこの時分人の通りも残るところだが、その夜は降りしきる雪のために人っ子一人いない。伊作も寒さで声が震え、やる気のなさが火の用心の注意を促す声音に現れている。

人の通りがまったくない、暗い道である。だが、雪の白さが提灯《ちょうちん》の明かりを反射させ、明かりがいく分遠くにも届いた。

「なんだい、あれは？」

提灯の明かりの先に、雪がこんもりと盛られているのが見える。本来平らな道に、伊作は首を傾げながら近づいた。提灯の明かりを近づけると同時に伊作が驚いたのは、白い雪があたり一面真っ赤に染まっていたことだ。

侍が、積もった雪の上にうつぶせになって倒れている。

伊作が恐る恐る近づくと、かすかに動くのが見えた。斬られてから、さほど時は経ってなさそうだ。草履《ぞうり》底の、足跡も鮮明に残っている。しかし、あたりは人っ子一人いない。

生きているとあっては、そのままにしては置けない。

「しっかりなすって！」

気丈にも伊作が声をかけると、かすかに口が動いた。

「……かっ……」

ほぼ虫の息から、そんな言葉が漏れたように伊作に聞こえた。

「かっ、だけじゃ分からねえ」

伊作が訊き直すも、すでに侍はこと切れていた。

後の調べで殺されていたのは、下野《しもつけ》宇土山《うどやま》藩士川俣壮三郎《かわまたそうざぶろう》であることが知れた。

そこまでを語り、伝蔵は一息ついた。

「それが最初の事件だった」

「かっ、ていうだけじゃ、笠松様が下手人だとはいえねえでしょ」

天竜が、身を乗り出して言った。

「そりゃそうだ。まあ、話は最後まで聞いてくれ。次に殺しがあったのが、それから七日後……」

菊之助から天狗印のキザミをもらい、煙草を一服つけてから伝蔵は再び語りだす。

その日も、大江戸八百八町が寝静まろうかとする宵《よい》の刻である。

現場は、寺町《てらまち》通りの菊谷橋《きくやばし》から新堀川《しんぼりがわ》沿いを南に一町ほど行き、阿部川町《あべかわちょう》に差し掛かるところであった。その夜は曇天で、道は暗い。底冷えに、人の通りはほとんどない。それでもたまに、夜更かしをした酔っ払いが奇声を発して通り過ぎる姿があった。

刃物商『長谷屋《はせや》』の小僧長吉《ちょうきち》が、戸締まりをたしかめようと店の土間に下りたところ、バタンと大戸が叩かれる音がして、長吉は心臓が止まるのではないかと思えるほどの驚きを覚えた。

音は一度きりで、その後は鳴り止んでいる。十三歳になったばかりの長吉は、一人で外に出ることも敵《かな》わず、大人を呼ぶことにした。そして、二十歳を過ぎたあたりの、住み込みの手代《てだい》を一人起こした。

「このくそ寒いのに起こしやがって」

ぶつぶつと文句を垂れながら、手代も土間へと下りる。

閂《かんぬき》を外《はず》し、切り戸をそっと開けると、手代は顔だけを外に出した。

「なんでえ、誰もいないじゃないか」

たいして外を確かめることなく、顔を引っ込める。

「長吉の気のせいじゃないのか。まったく……これじゃ風邪《かぜ》を引いちまうぜ、どうしてくれるんだい？」

嫌味《いやみ》が長吉に向けて止まらない。

そこまで言われたら長吉も、自分の勘違いだった思わざるを得ない。「申しわけございませんでした」と、丁重に謝ったところでもう一度バタンと大戸が叩かれる音がした。先ほどよりかなり小さな音であったが、確かに物音である。

「おい長吉、今度はおまえが見てみろ」

一度閉めた閂を外し、長吉が外に顔だけを出す。上背が四尺ほどしかない長吉の視線は下に向く。手代は遠くを見て何もないと言ったが、長吉は下に視線を向け首を左右に振った。

「あっ」

と、絶句したまま長吉の体は動かなくなった。

「おっ……お、お侍さん……」

恐れと寒さで、長吉の声が震えている。

大戸の前で横たわる侍に、気丈にも長吉が近づいた。

「お侍さん」

と、長吉が声をかけるも侍からの返事はない。血に塗《まみ》れた手で大戸を叩いたか、戸板にはくっきりと血糊《ちのり》で手形の跡がついている。

死んでしまったかと思いきや、まだかすかに息がある。その漏れるような息から短く言葉が放たれた。

「かさまっ……じゅう……」

と、長吉には聞こえた。そして、ガクリと首が垂れたところで長吉は侍の体から離れた。

長吉が震え上がったのは、恐れと寒さばかりではなかった。つい半刻ほど前、心当たりの浪人が店を訪ねてきたからだ。

長谷屋は、調理道具などを売る道具屋である。とくに長谷屋が作り売りする包丁は良品だと、料理人の間では定評があった。そのため、けっこう遠くからも買いに来る。

「まさか、あの笠松様が……」

新しく誂《あつら》えた出刃と柳刃包丁を引き取りに来たのが、笠松十四郎であった。長吉は、侍の今際《いまわ》の際《きわ》の言葉と笠松十四郎を結びつけた。

「これが第二の事件でな、殺されたのはやはり宇土山藩の家臣で睦藤八郎《むつみとうはちろう》って侍だ。長谷屋の長吉の証言で、笠松十四郎なる男を捜していたが見つからねえうちに、第三の事件が起きた。まさか、けったい長屋に住んでいたとはなあ」

「かさまっじゅうって、本当に小僧さんは聞こえたんですかね？」

笠松十四郎にとって、これは不利な証だと菊之助は心が荒《すさ》む思いとなった。

「ああ、そういうこった」

菊五郎の問いに、伝蔵がうなずいて答えた。

伝蔵から、第三の事件の経緯が語られる。

これらの事件が起きた日に、晴天の日はない。

やはりその夜も厚い雲が昼間から立ち込め、月が陰った闇夜であった。

「現場は町屋で、ここからさほど遠くはねえ、大川《おおかわ》沿いの三好町だ」

三好町といえば菊之助にも覚えがある。真っ先に思い浮かぶのは、魚好という魚屋である。

「そこには、魚好って魚屋がありますよね」

菊之助が、思いついたまま言った。

「ああ、そうだ。よく知ってるな」

「そこの小僧さんが棒手を振って、この長屋に売りに来ますから」

「三つ目の事件てのは、実はその魚好の船着場で起こったのだ」

「なんですって！」

菊之助が驚いたのには、二つ理由《わけ》があった。一つは、殺人の現場が身近であったこと。そして二つ目は、小僧の朝吉がそんな事件があったのを、長屋に来たとき誰にも話さなかったことにある。

子供の口なら、見たまま聞いたままを話したっておかしくはない。世の中の事件や事故などの出来事は、そんな噂話の中で町人は知ることが多い。

「なんで、朝吉はこのことを……」

誰にも語らなかったのが不思議である。魚好の奉公人なら、知らなかったはずもなかろうと菊之助の首は傾いだ。

菊之助は、そんな疑問を抱いたまま伝蔵のつづきを聞いた。

「それなんだが……」

第三の事件のあらましを、伝蔵が語る。


魚屋は真夜中から動き出す。

子《ね》の刻を報せる鐘が鳴り、日付が変わって半刻ほど経ったころに起き出し、大型の川船でもって、日本橋《にほんばし》にある魚河岸《うおがし》へと魚の仕入れに向かうのが日課である。

その夜も手代三人と川船を操《あやつ》る船頭が、寒さにめげず仕入れへと向かう。栈橋に泊めてある船に乗り込もうと、四人が大川の堤に出たところであった。

「おや……？」

堤と栈橋をつなぐ渡しの手前に、何かあると気づいたのは船頭であった。

「あそこになんか落ちてますぜ」

船頭の目には、大きな落とし物と見えた。

手を目一杯に伸ばし、提灯の明かりを差し向ける。

「あれは、物なんかではないぞ」

「人かもしれねえ」

手代たちは、口にすると同時に速足となった。

緑地を挟んで、その向こう側一帯は幕府の米蔵、浅草御蔵である。三好町はその北側にあり、浅草の町屋の外れであった。

「こいつは侍じゃないか」

「死んでるのか？」

「いや、まだ生きていそうだ」

手代たち三人が、恐る恐る口にする。

提灯の明かりを照らすと、かすかに背中が動いているのが分かる。

「ちょっと、静かにしてくれやせんか？」

がやがやとする手代たちを、船頭が制した。腰を屈《かが》め、倒れている侍の容態を見ているのは船頭だけである。手代たちは恐怖で腰が引けて、いく分離れたところから見ている。

「何か言ってますぜ」

巨体の船頭はできるだけ体を折って、侍の口に耳を近づけた。

「……じゅう……」

虫の息から聞こえた言葉は、それだけである。ここでも、笠松十四郎の名の一部が聞き取れた。

五

「番屋からの報せで、真夜中に叩き起こされてな……」

伝蔵が、一言愚痴を吐いた。

「持っていた物から、すぐに身元は知れた。やはり宇土山藩の家臣で荒又彦十郎《あらまたひこじゅうろう》ってんだな」

名だ。この藩ではみな、こんな物騒なご時世からか、身分を示す書付けを持ってるんだな」

伝蔵の話で、菊之助が抱いていた疑問の一つが解けた。三つの事件とも、すぐに身元が知れたのはどうしてだとの痞《つか》えがあったからだ。

「殺されたのはすべて、宇土山藩に仕える藩士ってことだ。そしてみな共通したところがあってな、勘定方に籍をおく文官たちだ。そんなんで、剣の腕はいまいちって侍ばかりで、みな居合いの一刀のもとに斬られていた。ああ、左胸から右腹にかけての袈裟《けさ》斬《ぎ》りってやつだ」

伝蔵は、左の肩のあたりから右斜めに手を下ろし、動作を交えて状況を示した。

「下手人は、相当に腕の立つ侍なんでしょうね？」

「ああ、見事な腕前だと五十嵐様は感心していた。相当な居合いの遣い手らしいぜ」

菊之助の問いに、伝蔵はうなずきながら答えた。そこに、天竜の問いがつづく。

「ところで、そんなお武家の諍《いさか》いに、なんで町方が探りを……？」

そんな疑問を、天竜は抱いていた。

「下手人がどこにも仕官をしていない浪人だとしたら、町方の範疇となるからな。この件は、最初の東本願寺東門の近くで……」

「あの、雪の夜の事件ですかい？」

額に皺を寄せて銀次郎が、伝蔵の言葉を遮って問うた。

「ああ、そうだ。銀次郎に、心当たりがあるんかい？」

「いや、いいえ……」

口ごもる銀次郎だが、伝蔵の語りは別のほうに向く。

「探索に当たる際、大目付様から注文が付けられた。この事件に関しては、なるべく外に漏れないようにとな。どうやら、宇土山藩からの要望らしい」

三人の家臣が因果も分からず殺されたとは、大名家としては公《おおやけ》にはできないはずだ。口止めするのも無理からぬことだと、武家出の菊之助にも容易に想像できる。

「……口を止められたからか」

朝吉が、長屋でもって口にしなかった理由《わけ》が解けた。

「そんなんで、極秘のうちに笠松十四郎を捜してたんだが、魚好の手代の口から住処が知れた。それで、御用となったってわけだ」

伝蔵が、苦虫《にがむし》を噛んだように、顔を顰《しか》めて言った。


長谷屋の長吉の証言が、笠松十四郎捕縛の決め手となった。

十四郎のために一肌脱ごうと思っていた、菊之助たち三人の意気込みは萎《しぼ》みがちとなった。そこに、さらに伝蔵は追い打ちをかける。

「船着場で事件があったその日の昼ごろ、笠松十四郎が魚好を訪れてな、なるべく大振りの鰤をと、一本注文していったそうだ。そいつをどうするかは分からねえけど、その夜にあの事件だろ。符丁がこれほど合うことはねえ」

ますます笠松十四郎にとって、まずい展開になってきた。だが、伝蔵は秘密裏の探索であるのに、菊之助たちに語る真意が分からない。

「なぜに雷の親分は、おれたちに……？」

「状況的には笠松十四郎が三人の侍を殺ったってことになるんだが、俺には一つ腑《ふ》に落ちねえことがあってな」

「腑に落ちないってのは？」

「捕らえたとき、小さな声で俺に言ったんだ」

「なんてです？」

菊之助と伝蔵の、小声でのやり取りを、天竜と銀次郎が耳を澄ませて聞いている。

「拙者が下手人でないことは、菊之助が知ってる……ってな」

「おれがですか？」

「ああ、そうだ。捕まえたとき、まったく抵抗せず落ち着いた声でな」

「それじゃ、まだ白状はしてないんですね？」

「ああ。拙者はやってないの一点張りだ。そんなんでここに来たわけだが、菊之助は、笠松十四郎が下手人でない証ってのを持っているのか？」

伝蔵に問われて菊之助は黙った。

無実の証と言われても、心覚えがまったくない。

なぜに笠松十四郎は、菊之助に無罪の証を託《たく》したのか。

殺された三人の口から、笠松十四郎らしき名が漏れた。一人は「かっ……」と言っただけでこと切れたが、笠松の『か』に結びつく。

十四郎にとって不利な状況ばかりである。これを覆《くつがえ》す術《すべ》など、今は何も持ち合わせてはいない。一つだけあるとすれば、笠松十四郎の普段の人柄である。人を殺めることなど、到底できそうもない性格と見ている。しかし、落ちぶれたとはいえ、腰に大小の二本を差せば立派な武士である。それと、雪の夜の外出。それを見ていたのは、これまでそのことを誰にも語らなかったが、菊之助自身である。心の底では、ほんのわずかだが疑いさえ燻《くすぶ》っていたのである。しかし、ますます不利になることを、ここでは語ることはできない。

菊之助の頭の中は、堂々巡りとなった。

「どうなんでえ、菊ちゃん？」

問いは天竜からかかった。

「本当に、笠松様が殺ったとは俺には到底思えねえけどな。あの人は、魚は切れるが人は斬れねえ……あくまで、俺の勘だが」

「おれだってそう思うぜ、天竜さん。だが正直なところ、なんで笠松様はおれが知ってるなんて言ったんだか分からないんだ」

菊之助の首を振る仕草に、伝蔵は顔を顰《しか》めた。

「ていうことは、菊ちゃんには覚えがねえってんだな？」

「いや、そうとは言ってませんよ。あるかどうか、よく考えてみないとなんとも……」

語尾が口ごもる、なんとも自信なさげな口調となった。

「だったら、覚えがねえと言ってるのと同じじゃねえか」

伝蔵につっ込まれても、今は反論する文句が浮かばない。

「だったら親分、二日ほどもらえませんかね？」

菊之助は、二日の間にその根拠を引っ張り出そうと思った。だが、伝蔵は駄目だと首を振る。

「いや、一日しかやれねえ。それが、俺から五十嵐の旦那に頼み込める精一杯の猶予だ」

通常ならばすぐに大番屋か伝馬町《てんまちょう》送りとなり、手酷《ひど》い痛め吟味で白状させるのが町奉行所のやり方である。いや、事件が事件だけに、身柄は宇土山藩に引き渡され即刻首が刎《は》ねられることも考えられる。いずれにしても、笠松十四郎の命は風前《ふうぜん》の灯火《ともしび》であった。

「俺が力になってやれるのは、これだけしかねえ」

「するてえと、親分は……？」

「だからわざわざここまで来て、喋っちゃいけねえことまでみんな話したんじゃねえか。たった一日しかねえけど、笠松十四郎様の証を立ててやってくれ。頼むぜ、菊之助」

伝蔵の真意を知って、菊之助は表情を固くした。

「俺はすぐに戻らなくてはいけねえんで、行くぜ」

言うと同時に伝蔵は立ち上がると、忙《せわ》しなさそうに長屋を去っていった。

菊之助は、笠松十四郎のことを何も知らない。

それで無実を明かせと言われても、どこから手をつけたらよいのか分からず、思案に耽《ふけ》った。

「どうだ、菊ちゃん……？」

天竜から声をかけられ、思案に沈んでいた菊之助は、ふと我に返った。

「たった一日で、笠松様の無実を明かせることなんてできるかい？」

天竜の問いに、菊之助は首を縦にも横にも振ることができずにいる。笠松十四郎が下手人でないことは、ここにいる三人が同じ思いであった。だが、なんといっても状況は十四郎の圧倒的不利に傾いている。

雪の夜と、魚好の裏で起きた事件。それともう一つ、長谷屋の前で起きた事件。この三つの因縁を、どうとらえればよいのか。それと、笠松十四郎と宇土山藩の接点。時が過ぎるのが早く、もう夕方に差し掛かるころとなった。

夕七ツ半になれば、銀次郎は賭場に出向かなくてはならない。真剣師の天竜は、浅草広小路の将棋会所で久しぶりの手合わせの約束がある。この先は、菊之助一人で動かなくてはならない。

二人がいなくなると、菊之助は腕枕をし仰向けになった。暗い天井を見やりながら考えるのが菊之助の癖である。

笠松十四郎が、長屋に越してきてからのことを頭の中でなぞった。あまり外に出ない男なので、日常の挨拶以外に言葉を交わしたことはほとんどない。だが、顔を合わせたときはいつも穏やかな顔をしているので、菊之助は十四郎に悪い思いを抱いたことは一度もなかった。

「……それにしても、なんでおれが知ってるなんて言ったんだ？」

それでも、向かい合って話をしたことが一度もないとはいえない。挨拶以外に、短くも言葉を交わしたことがある。だが、その回数はあまりにも少ない。そのときの会話の内容は、世間話程度の軽い内容なのでいちいち憶えてはいない。だが、それらの会話の中に、笠松十四郎を救う糸口が隠されているかもしれないのだ。菊之助は頭の髄を振り絞り、その一言一言を思い出そうとした。

ふと小窓を見やると、外は暗さが増してきている。冬の西日は通り過ぎるのが早い。このまま夜が来て朝に戻れば、猶予はあと数刻しか残っていない。

「とりあえず、何を話したか思い出すことだ」

独りごちて、菊之助は回想に全神経を集中させた。

「……自分から話しかけてくる人じゃなかったからなあ」

呟きは、みな自分に向けて言う。

「鰤の捌きか……いや、待てよ……」

鯵や鰯などの小魚ならば、そこいらのかみさんたちでもできるだろうが、大型の魚である鰤を捌ける者などそうそうはいない。

それができるのは——。

――料亭の調理人か、魚屋の職人。ほかにどんな人たちが……？

と考えたところで、菊之助の上半身が起きた。

「あっ、そうか！」

菊之助は起き上がると、小袖の上に厚い褞袍《どてら》を被《かぶ》せ外へと出た。急いでいるので、菊之助としては地味な衣装である。

蔵前通りの大通りに出ると、向かい側から大家の高太郎が道を渡ってくるのが見えた。

「おや菊之助はん、そんなに急いでどこに行きますねん？」

上方弁で、話しかけられる。

「大家さんか。ちょっと、笠松様のことでな……」

「嗚呼《ああ》、困ったことでんな。けったい長屋から人殺しの咎人《とがにん》が出よるなんて、思ってもしまへんでしたで」

苦虫を嚙み潰したような、高太郎の渋面《じゅうめん》である。

「何を言ってるんだい、大家さん。あんた、本当に笠松様が人を殺めたと思ってるんかい？」

「そうは思いたくはありまへんが、御番所が捕らえたとあっちゃ……もう、かないまへんで」

「あんた、少しは笠松様の身元を確かめて部屋を貸したんではないのかい？」

「いや、今まで黙ってましたけど、魚好の旦那はんから頼まれましてなあ……」

魚好の大旦那、四郎衛門《しろうえもん》のことは菊之助もよく知っている。肝の臓に病をもち、余命がいくばくもないと、半年ほど前灸屋の兆安が言っていた。

「それでも、このところ元気をとり戻したようでしてなあ。笠松はんを紹介してくれたときも、散歩がてらにと歩いて頓堀屋まで来てくれはったんでっせ。あの大旦那はんのお墨付きであれば、そりゃ二つ返事で貸しまっせ」

高太郎の話に、菊之助は意を強くした。朝吉を訪ねて魚好に行こうとしていたのだが、主の四郎衛門へと気持ちが切り替わった。

六

以前会ったときよりも四郎衛門の血色はよく、顔に生気が漲《みなぎ》っている。

「お元気そうで……」

「朝吉が来てくれたおかげで気持ちが落ち着いたら、体の具合もよくなってきてな」

昨年、隠し子であった朝吉を晴れて認知することができた。懸念だった跡取りもでき、四郎衛門の気持ちは安定した。

気鬱《きうつ》というのは、どれほど体をむしばむものかと、菊之助は改めて思い知った。

「それはよかったです」

と言いながら、菊之助はふと脳裏をよぎることがあった。

住まいを紹介したくらいだから、懇意の仲と取れる。だが、笠松十四郎のことを話すと、また気鬱が生じるのではないかと案じ、それが菊之助には気になった。

「何かあったので？」

難しげな菊之助の表情を、四郎衛門が問うた。

「実は、旦那様がけったいた長屋を紹介した笠松十四郎様のことですが……」

語らなければ、何も解決しない。菊之助は口調を柔らかくして切り出した。

「ああ、やはりその件か。なんだか大変なことになったらしいな」

「ご存じでしたので？」

四郎衛門が知っていたことで、菊之助はいく分楽な心持ちとなった。

「さっき、手代から聞いた。先だって、うちの桟橋の袂で殺しがあった。その下手人が笠松様と聞いたときは、心の臓が止まるかというほど驚いた。また気鬱に冒されるのではないかと心配したが、それを救ってくれたのが朝吉の一言だった」

「朝吉が……ですか？」

菊之助が、四郎衛門の顔をのぞき込むように問うた。

「ああ、そうだ。朝吉は『笠松様は絶対に人を殺したりはしてません』って、顔を真っ赤にして言い張った。それを信じたら、また血の巡りがよくなってな」

「朝吉の言うとおりだと、自分も思ってます。そんなんで、旦那様にお訊きしたいことがございまして……」

菊之助は、魚好を訪れた事情を語る。

「鰤なんて、高級であんな大きな魚、誰もが簡単に捌けるものではありませんでしょ。今朝、長屋の連中に料理が振舞われましてね……」

「見事な包丁捌きだったようだな」

四郎衛門も、朝吉から聞いて知っていた。

「ええ、たいしたものでして。その鰤は、魚好《こちら》さんから仕入れたものと。注文したその夜に、殺しの事件があった。そんな符合も、笠松様が疑われる要因の一つなんです」

「そんなのは、単なる偶然だろうが」

「自分もそう思います。ですが、御番所ではそうは取りませんで。そんなんで、笠松様が鰤を注文したときのことを詳しく知りたいのです」

「わしが請け負ったのではないので分からんが、あとで番頭さんを呼んであるから、訊いてみるといい」

　得心したように、四郎衛門が大きくうなずく。

「ありがたいです。それで旦那様にも一つお訊きしたいのですが、笠松様とはどんな関わりで……?」

　菊之助の問いに、四郎衛門は少しの間を置き語りはじめる。それはためらいではなく、どこから話してよいのか順序を探る間であった。

「わしは相州小田原《そうしゆうおだわら》の出でな、三十年前江戸に出てきて魚屋をはじめた。小田原といえば、大久保《おおくぼ》様のご城下で上屋敷は芝《しば》の浜松町《はままつちよう》にある。当初は、大久保家出入りの魚屋として、その近くに店を出した。おかげで商いも順調で、店も徐々に大きくなっていった」

　それが、笠松十四郎といかなる関わりがあるか分からないが、菊之助は黙って四郎衛門の語りを聞いた。すると、すぐそのあとに笠松の名が出てくる。

「笠松様は、その大久保様の家臣で台所賄方であったのだよ。十五年前までは、懇意にしてもらっていた」

ここで、菊之助はふと思った。これまで宇土山藩の元家臣だと思っていたのと、まったく異なる。少しばかり、菊之助の気を楽にした。

「十五年前までといいますと……？」

「そのころだった。大久保様の屋敷で、河豚《ふぐ》毒事件があってな、ご家臣が数人河豚の毒に当たって亡くなった。台所賄方の一人が内緒でどこかから河豚を仕入れて、調理をした。河豚を食したいと、ご家臣たちのたっての望みだったらしい。魚好は、その河豚を売った店とされ、笠松様は、その責任を取らされお役を罷免《ひめん》された。いずれも身に覚えのないことだったのだが、疑いは晴れなかった。以来、魚好は芝では商いができず、そこで浅草の三好町に移ってきたってわけだ。笠松様は、大久保家を出てから浪人になったと聞いていたが、その後の消息は聞こえてこなんだ」

長い語りに疲れたか、四郎衛門は語りを止めた。膝元に置かれた茶を、ゆっくりと飲み干す。そして再び語り出す。

「笠松様が、魚好を訪ねてきたのは正月が明け、たしか三日目のことだった。十五年ぶりの再会だった。あれ以来ずっと浪人暮らしで、武士は捨てきれずずっと刀を腰に帯びていた。そんな役に立たない刀など捨て、料理の腕を磨いたらいかがと勧めたらその気になった……ええ、魚好ではその後ろ盾になるつもりでしてな。とりあえず住むところというので、けったい長屋を紹介した。大家の高太郎さんは、それを快く受け入れてくれた」

高太郎が言っていたことと同じだと、菊之助は小さくうなずいた。

「ところで、笠松様と宇土山藩の関わりをご存じで……？」

「いや、まったく知らん。もっとも、十五年の間笠松様がどう生きてきたかまでは聞いていない。訊いても、話してはくれんかった。ただ一つ聞いているのは、妻子がいたが無念にも、先の大地震で家の下敷きになり亡くなったそうだ」

ここにも、大震災の悲劇があった。冥福を祈るか、菊之助の目がしばし閉じた。

ここまでの四郎衛門の話では、笠松十四郎の疑いは晴らすことができない。

「ただ、笠松様はすこぶる剣の腕が苦手《にがて》だったと聞いている。それだけでは、無実の証にはならんか」

「はい。猫を被っていると、そう取られるのが落ちです」

菊之助が答えたところで、障子の外から声がかかった。

「旦那様……」

「おお、吾平《ごへい》か入りなさい」

入ってきたのは、予《あらかじ》め呼んであった三十代半ばの番頭吾平であった。そして、菊之助もよく知る朝吉を連れている。

「二人とも、笠松様のことは知っておるな」

「はい」

吾平と朝吉は、うな垂れるように首を垂れた。

「笠松様の無実を晴らそうと、菊之助さんが来てくれた。なんでも知っていることを話しなさい」

「かしこまりました」

しっかりとした、吾平の返事であった。そこに、菊之助が問う。

「なぜに笠松様は、鰤を注文したのですか？」

それには番頭の吾平が答える。

「大型の寒鰤というのは、なかなか捕獲できませんでな。魚河岸にも、なかなか水揚げされてこない。なので入用なときは、前もって注文を出しておかなくてはならず、手に入れるまでに時が必要なのです。笠松様は、そこを見越して魚好に注文されたのです」

「なぜに、笠松様は鰤を……?」

「これから侍を捨て、料理人になるとのこと。包丁捌きの腕が鈍《なま》ってないかどうか、試してみたいとのことでした。できた料理は、けったい長屋の人々に食べてもらおうと、それは水揚げされるのを楽しみにしてました。真鯛でもよかったのですが、それでは小ぶりなので皆さまに行き渡らないと」

小田原のある相模湾《さがみわん》は、回遊してくる寒鰤の漁場である。なので、笠松が鰤をおろすのはお手の物であった。

笠松十四郎の、心遣いが分かった。菊之助はそれをすぐに、長屋の連中に伝えたい心持ちになった。

しかし、それが笠松十四郎に難をおよぼすことになった。

「笠松様が注文を出しに来たその夜、桟橋の袂で宇土山藩の藩士が斬殺された。それと十四、五日前の大雪の夜に東本願寺の東門で……そして、阿部川町の……」

菊之助は、三つの事件を要約して語った。

「ん……?」

首が傾いだのは、四郎衛門であった。

「何か……?」

それに気づいて、菊之助が問うた。

「大雪の夜と言ってなかったか？」

「ええ。それが、何か……？」

「あの夜、笠松様は魚好《ここ》にいた。暮六ツ半ごろ来てな、おかげさまで落ち着くところができたと喜んでおった。雪の中せっかく来たのだからと、雪見酒を振舞った。なんで雪が降る中わざわざ来たかというと、その昔笠松様と雪見酒を楽しんだことがあってな、それを思い出したと言ってた。久しぶりに風流を味わったわけだ。酔った足では雪道は危ないと、その夜はここに泊まったのはたしかだ」

「さようでしたか」

本当だとすると、これほどの証はない。ただし立証できるのは、雪の日の事件だけである。

四郎衛門の話だけでは、笠松十四郎と宇土山藩の接点はどこにもない。

しかし十四郎には、空白の十五年がある。

「あの日、鰤を注文しに来たとき、笠松様は手前にこんなことを言っておられました」

番頭の吾平が口にする。

「ほう、なんと……?」

「もしかしたら、大久保家に戻れるかもしれないと。それは、笑顔で語ってくれたものです」

「だとしたら、これほどめでたいことはない」

四郎衛門も、諸手を上げて喜ぶ。

「そんなお人が、その日の夜に殺しなどしますかねえ?」

吾平の問いはもっともである。

「こんなことも、笠松様はおっしゃってました」

口を挟んだのは、それまで黙っていた朝吉であった。

「鰤が手に入ったら、拙者の包丁捌きを見てくれと……ですが、手前は夜が明けきる前に鰤を捌くとは思いませんで、なるべく早く行ったのですが。それが見られなくて、残念です」

朝吉がしばらく立ち止《とど》まり、長屋の様子を見ていたのはそのためだったかと、菊之助は得心をした。

手に入った鰤は、前日の夜大八車に載せて笠松のところに運んだという。

菊之助が、笠松十四郎を無罪とするには、雪の日に魚好にいたってことだけで充分のはずだ。しかし、あとの二件の無実を立証するには、それだけでは足りない。

笠松十四郎を助けてくれと、魚好の頼みを背中に受けて菊之助はけったい長屋へと戻った。

ごろりと横になったところで、菊之助は銀次郎の言葉が脳裏をよぎった。厠で聞いた話である。

『――また一人殺られた。拙者らも、気をつけんといかんな。のう、風間《かざま》殿』

あのときは、酔いもあってぼやっとした頭で銀次郎の話を聞いていた。

菊之助は、思い出すと同時に跳ね起きた。

「まだ、賭場には間に合うな」

菊之助は、そのまま銀次郎が賽壺を振る賭場へと向かった。

賭場が跳ね、ようやく銀次郎と話ができる。菊之助は、厠で聞いた話をそこでぶり返した。

「たしか、かざまって言ってなかったか？」

「ああ、そう聞こえた……あっ！」

銀次郎の驚く表情は、当然覚えがあるからだ。

「かさまとかざま……似てるだろ」

そして、もう一つ重要な証言を得ることができた。

賭場を仕切る代貸が、二人の侍の素性を知っていた。一人は風間四十郎《しじゅうろう》といい、もう一人は荒又彦十郎と言った。

「荒又……」

聞き覚えがあるどころではない。殺された、三人目だ。

七

翌日の朝、菊之助は久しぶりに女形《おやま》となった。

相手を油断させるには女形が一番と、これまでの経験でもって会得した心得であった。

髪を丸髷《まるまげ》に結い直し、藤色小紋の袷《あわせ》を塩瀬《しおせ》の帯で止め、しゃなりしゃなりと歩く。齢を二十代半ばの武家の年増に見せるため、菊之助の女形としては地味目に抑えている。

「おや、きょうはめかし込んでどこに行くんだい？」

「ええ、ちょっとね」

井戸端で、かみさん連中に呼び止められても相手にしない。一寸の暇もないのである。

宇土山藩江戸藩邸は、浅草諏訪町からも十町と離れていない。寺町の南側、浅草から下谷《したや》までの一帯にかけてが武家地である。宇土山藩の上屋敷は、その一角にあった。

藩主は六代目の戸伊忠幸《どいただゆき》である。

殿様には用がない。菊之助は、門番に一言訊ねるために、表門の前に立った。

「ちょっとお訊ねいたします。こちらは宇土山藩のお屋敷で……？」

「さようだが」

と答えただけで、門番の口が閉じた。

ここで菊之助は、一か八かの賭けに出る。

「わたくし、菊《きく》と申します」

「何用でこられた？」

「風間四十郎様にお目通りを願いくて……」

「どんなことでだ？」

「私、先だって亡くなりました荒又彦十郎の妹でして。それで、風間様にお聞きしたいことが……」

荒又彦十郎というのがどういう人物か、まったく分からず口にする。

「妹ごにしてはずいぶんと老《ふ》けておるな。荒又様はまだ二十と二歳になったばかりだったが」

菊之助は、荒又彦十郎が三十近くと踏んで、二十代半ばに設定して化けた。

「ええ、みなさんによく言われます。これでもまだ二十歳《はたち》になったばかりですのよ」

と、動じることなく菊之助は答えた。

「本来、妹なんてのは国元にいるものではないのか？」

「三年ほど前に、江戸に嫁《とつ》いできまして……」

適当に誤魔化したが、門番からそれ以上のつっ込みはなかった。

「おう、さようか。ならば、今呼んでまいろう。ちょっと、待っていなさい」

風間四十郎という家臣が下手人だとしたら、菊之助にも相当な覚悟が必要である。かなりな剣の遣い手だと言っていた。三人の家臣殺しの居合い抜きが、菊之助の脳裏に浮かんだ。実際に現場を見ていなくても、その惨状は頭の中で容易に想像できる。

しばらくして、門番が一人の若侍を連れてきた。背が高く、精悍な顔をしている。

この上背ならば、大上段から刀を下ろしても見事な袈裟懸けとなるはずだ。

菊之助は気持ちを抑え、顔に媚びる表情を作った。

「おことが菊どのか？　荒又彦十郎の妹と聞きおよんだが」

「さようでございます」

なるべく科《しな》を作り、風間四十郎の挨拶に応じた。

「二十歳と聞いたが……？」

「はい。つい先日までは、十九でした」

「とてもそのようには見えんが、まあいいだろ。せっかくお会いできたんだ、拙者も半刻は身が空くので町屋に出て茶でも飲まんか」

あろうことか、風間のほうから誘ってきた。たんなる女好きなのか、それとも何か魂胆があってのことか。この時点では、まったく下手人らしき素振りはない。むしろ、その温厚さが怖いくらいだ。

菊之助は用心するも、まだ朝のうちである。

「はい、お供します」

お天道様がこれから中天に上がろうとしているときに、居合い抜きはなかろうと、菊之助は大きくうなずいて応じた。

武家町の通りを、菊之助は風間の三尺あとについて歩く。

辻を一つ二つ曲がって東に向かえば、新堀川に出る。風間の歩みは、川沿いを北に向いた。左側一帯が阿部川町である。菊之助の足が長谷屋の前で止まった。

「お待ちくださいますか、風間様」

背後から声をかけると、風間が振り向いた。すると、眼光鋭く菊之助を睨みつけている。その一瞬の形相を、菊之助は見逃さなかった。

――やはりこの場所に、覚えがあるな。

むろん、思いは口にも表情にも表さない。

「何かあったのかな？」

問いが発せられたときには、風間の表情には笑みが含まれ元へと戻っていた。

「ごめんなさい、鼻緒が緩んでましたので」

菊之助はしゃがむと、何も損傷のない草履の鼻緒をいじくった。

菊谷橋を渡り、浅草へと向かう。

ここで菊之助は、ふと思った。

魂胆が、見抜かれているものと。ならば、願ってもないことだ。

——互いの化かし合いかい。

菊之助は、密かにほくそ笑んだ。

道は田原町に突き当たり、左に折れた。一町ほど行くとそこに、東本願寺の東門がある。雪の日に、第一の殺しがあった場所だ。

そこでも何か反応があるはずと思ったところで、先に歩く風間が振り向いた。

「この先に、うまい団子屋がある。そこで話でもしないか？」

それだけで、別段変わった表情ではない。

「はい、どこでも……」

菊之助が殊勝に答える。振り向いた、風間の顔に変化は見られない。

二人は、浅草広小路を少し行ったところの団子屋に入った。

みたらし団子が評判の店だが、菊之助は団子のたれが着物を汚すのを嫌い、草団子を注文した。

「おことの兄のことは聞いている。気の毒だったなあ」

「ありがとうございます。そのお言葉に、兄も黄泉《よみ》の国で喜んでおりますことでしょう」

袂《たもと》から手巾《しゅきん》を取り出して、目尻に当てるのは菊之助の演技である。

「それにしても、なぜに兄は殺されたのでございましょう?」

「そんなことを訊かれても、拙者には分からん。それよりも、これからのことを話そうではないか」

菊之助を男とは気づいていない。

「菊どのを一目見たときから、拙者は伴侶と決めた。どうだ、この先お付き合い願えぬかな?」

会った早々の求愛に、菊之助もいささか呆れている。

「朝っぱらから、こんなことを口にし驚かれたであろう。すまなかった」

「いえ、すごく嬉しいです」

言っていて、反吐《へど》が出そうになったが、そこは我慢する。

「ならば、今夜また会わぬか? こんな団子ではなく、どこか料理屋で馳走しようではないか」

ここで菊之助は、おれの命を狙っているのではと勘ぐった。狙いはこれかと、あえて菊之助は応じることにした。

「まあ、嬉しい……」

「お菊どのの好きなものは何かな?」

「はい。わたしは魚のお刺身が大好きで、とくに好きなのは鰤でございます」

「何、鰤の刺身だと？　ずいぶんと、粋な物を好まれるな」

「そういえば、兄はお魚屋さんの裏で殺されていたと……」

言って菊之助は、相手の反応を探った。

「さようであったか。そっ、そいつは知らなんだ」

菊之助がかけた鎌に、風間が白《しら》を切っているのが分かる。こめかみに、汗が滲んで光る。

「でしたら、わたしの知るお店でよろしいかしら？　お魚料理の美味しいお店があるのですけど」

「ああ、拙者はどこでもいい」

その後、この夜の待ち合わせを段取り、あらかた団子を食べ終わると、二人は外へと出た。

けったい長屋に戻り、菊之助は夜の算段に頭を絞った。

待ち合わせ場所は、広小路から少し入った東仲町《ひがしなかちょう》の料理屋『花村《はなむら》』にした。浅草の中でも、とくに魚料理が美味いとの評判を取る店であった。この店は、魚好から魚を仕入れている。

菊之助は、以前からこの店は馴染みであった。

中庭が見渡せる部屋を取ってある。一方が庭に面した障子戸で、三方は襖で仕切られている。

暮六ツの約束に、少し菊之助は遅れた。

「お連れ様はもう来られてます」

「そうかい」

菊之助の返事は男言葉である。女物の袷に、錦鯉《にしきごい》の刺繍《ししゅう》が施され褞袍《どてら》を被せ、木刀を肩に担いでいる。普段の傾奇者《かぶきもの》のいでたちであった。

「こちらのお部屋で……」

仲居が腰を下ろし、襖の取っ手に手をかけた。

「お連れ様がいらっしゃいました」

襖が開くと同時に、菊之助は足を一歩踏み入れた。

「やはり、男だったか」

すでに手酌で一杯やっていた風間四十郎が、菊之助の姿に苦笑する。

「分かってましたかい」

「ああ、最初からな。荒又彦十郎たちを殺した下手人を捜しているってことか」

「図星ですぜ。そうしたら、すんなりとおれの前に現れてくれやがった。白状したのも同然だぜ」

「それにしても、よくも俺が殺《や》ったと分かったな」

風間の、意外と落ち着き払った物言いであった。

「ええ。あんたと同じような名の人が、今風前《ふうぜん》の灯火《ともしび》に晒されてるんでな。その人を、どうしても助けなくてはならない」

「もうこれ以上殺生はしたくないが、仕方あらんか」

風間の膝元に、大刀が横たわっている。座敷には持ち込めない刀であったが、そこは無理を通したものとみえる。

風間の手が、大刀の鞘《さや》をつかんだ。

「こんなところで、斬ろうってのか？」

「ああ、人を殺るのにところ構わずだ。今この場だっていい。無礼討ちってことにすれば、済むことだ」

獲物を前にした、獣の目をしている。その鋭い眼光に、菊之助は身震いを感じた。

ここで殺られるわけにはいかない。

菊之助も、背中に隠した木剣に手をかけた。

「おれの木剣だって、腹の臓物くらいぶち壊すことができますぜ」

言ったものの、菊之助には剣の腕で勝つ自信も見込みもない。手練《てだ》れの武士を相手にしたことはほとんどない。剣の修行は子供のころにしただけで、あとは喧嘩殺法の自己流である。

風間四十郎の居合いの一撃は、木剣までも断ち切れそうだ。菊之助の言葉は、精一杯の虚勢であった。

膳は二人分用意されている。手をつけてない膳の前に座り、菊之助は手酌で酒を注いだ。

「末期《まつご》の酒ってことか」

にんまりと笑いを浮かべながら、菊之助はぐっと酒を呑み干す。

風間に、殺気がほとばしる。その気勢をとらえ、菊之助はあえて隙を作った。もう一杯と、空になった杯《さかずき》に手酌で酒を注ぐ。

一合徳利を手にしたところで、風間が動いた。

刀をつかむと足元にある膳を蹴り倒し、足を一歩前に踏み出すと目にも止まらぬ速さで刀を抜いた。白刃が一閃、袈裟懸けが襲う。それと同時に、菊之助は手にした徳利を風間に向けて投げつけた。

スパッと音を立て、土焼きの徳利が宙でもって二つに割れて飛んだ。見事な斬れ技であったが、斬れたのは徳利で、菊之助の体は無傷である。

徳利の太さの分だけ、白刃の鋒《きっさき》は菊之助の体に届いていない。

菊之助の手に、木剣が握られている。菊之助は自分の膳を跨《また》ぎ、風間との間合いに入った。風間の、二の太刀が振られる前に木剣の鋒が喉元を突いた。

グホッとあいきを吐いて、風間がのけぞる。そこを一刀、菊之助の木剣は風間の肩を打ち抜いた。

「こういったところで、白刃は抜くもんじゃやねえぜ」

肩を押さえ身悶える風間に向けて、菊之助が一言浴びせた。そこに、ガラリと音を立て襖が開いた。

入ってきたのは岡引きの伝蔵と、大目付配下の武士であった。

「――外に出たら、おれの木刀じゃ敵《かな》わないからな」

菊之助は、勝負は部屋の中と見切っていた。そして、予め伝蔵と大目付配下を呼んでおいたのだ。

「すまない。せっかくの料理を駄目にし、部屋を汚しちまった」

花村の女将には、こう言って謝った。

「いいんですよ。血で汚されなければ、掃除して済むことです」

女将は、寛大に許してくれた。


笠松十四郎は即日解き放たれ、けったい長屋に戻ってきた。

「おかげで助かった」

礼を言う十四郎に、菊之助がすかさず問う。

「伝蔵親分に、なぜにおれが無実を晴らせると言ったんです？　おれにはまったく覚えがないことでして」

「ああ、拙者が捕らえられたときか。あの状況では、言葉を長くできんでな。咄嗟《とっさ》に思いついて親分の耳にだけ入れた。菊之助どのだったら、必ず証を立ててくれると信じてな。なんだかんだ口で抗《あらが》うより、拙者はそこに賭けたんだよ。これも、寒鰤を振舞ったおかげだ」

捕らえられたとき、十四郎が妙に落ち着いていたのは、無実を晴らす自信があったからだと菊之助は得心できた。

それから二日後。岡引きの伝蔵が、菊之助を訪ねてきた。

「風間四十郎が、同僚殺しを白状したぜ。黒幕は江戸留守居役の、皆川左門《みながわさもん》という上役で、そいつの指図だった。殺された三人は……」

みな勘定方に属していた。皆川は、藩の財源から三千両ほど着服し使い込んでいた。その発覚を恐れ、監査に当たっていた勘定方の三人を次々と殺していったのが真相で、まったく笠松十四郎と関わりのない、戸伊家内部のいざこざであった。

「そういったことで、まったく笠松十四郎様は関わりがなかった。ただ、名が似てたってだけでえらい迷惑をかけちまったと、五十嵐の旦那を通してお奉行様からの詫びがあった」

伝蔵の話である。

人ってのは、どこに災難の火種が降りかかってくるか分からない。とんだとばっちりに遭ったものだと、笠松十四郎の災難を菊之助は慮《おもんぱか》った。

その十四郎は、大久保家への再仕官が叶ったと大喜びしている。数日後には、けったい長屋を退去していくとのことだ。

今度は、どんな人が入居するのだろうと、菊之助は顔を天井に向けて思いやった。

第三話　駆け落ち

一

浅草諏訪町のけったい長屋に、その女がやってきたのは文久四年の如月《きさらぎ》の初めであった。

齢《とし》のころなら二十四、五歳。俗に、小またの切れ上がったいい女といおうか。振り向いて、流し目をするあたりは、江戸初期の絵師菱川師宣《ひしかわもろのぶ》が描いた『見返り美人図』の女がそのまま抜け出たような、妖艶さを感じさせる。

掃き溜めに鶴と言っては、けったい長屋の面々に失礼かというとそうでもない。住民自らが、異口同音に同じ言葉を口にするからだ。「まったくだ」と言って、笑い飛ばすところが大らかである。

女の名は、千香《ちか》といった。

「――千に香るって書くのですのよ」

来た当初、自ら名を語った。

菊之助が昔世話になった知人から、数日の間面倒を見てくれと頼まれ、それを引き受けて連れてきた女である。

「数日なら、よろしおまっせ」

大家高太郎の許しも得ている。

細かな素性は分からないが、先だって亡くなった吉兵衛が住んでいた部屋を与えることになった。

長屋には、独り身の男が五人ほどいる。木挽《こび》き職人の留八《とめはち》は許婚《いいなずけ》がいて、将棋指しの天竜は、所帯を持つのはこりごりだと言って、お千香には無関心である。すると、残るはぬけ弁天の菊之助と丁半博奕《ちょうはんばくち》の壺振り師銀次郎、そして講釈師の金龍斎貞門である。

「――いい女だな。俺の好みにぴったりだ」

そう言って、一目《ひとめ》でお千香を見初《みそ》めたのは銀次郎であった。お千香を見る眼差しは、ぞっこんと出ている。

「駄目だ、銀次郎。あの女《ひと》は、知り合いから預かっているんでな。数日もすれば、ここから出ていく」

「それは残念だった」

菊之助から釘を刺され、銀次郎も気持ちを押さえるほうに努《つと》めた。しかし、お千香が放った一言が、銀次郎の心に油をそそぐこととなった。

「あたし、銀次郎さんみたいなお人が好み……」

梅に山茶花《さざんか》の花があしらわれた小袖の袂《たもと》で口を隠し、蚊《か》の鳴くような声で口にする。科《しな》を作って言う素振りが、銀次郎の心を再燃させた。多分に辞令がこもる口調であったが、銀次郎としてはそうは取らない。

「……俺もそろそろ身を固めるか」

銀次郎がその気になったのも、ごく当然の成り行きであった。

溝板《どぶいた》を挟んで向かいに住まう。

「困ったことがあったら、なんでも俺に言ってくれ」

そんな言い分を盾にして、銀次郎はいく度か溝を跨《また》いだ。

近づきになるもなにも、お千香にすればそんな気持ちは毛ほどもない。ただ、表面上は銀次郎にまんざらでもなさそうな素振りを見せる。居酒屋の女将《おかみ》が、客に見せる媚《こ》びた表情と取れれば得心もするが、気持ちが傾いた男では、そう簡単には引き下がらない。

「俺は、おっお千香さんと一緒になるぜ」

知り合って二日目にして、銀次郎は菊之助に向けて打ち明けた。吃音《きつおん》の混じる口調に、本気度がうかがえる。

「よせよ……」

「菊之助が止めたって無駄だ。俺はその気になってる」

頭から湯気を燻《くすぶ》らせて遮《さえぎ》る銀次郎に、今は何を言っても聞きそうにない。

「そうかい。だったら、勝手にしな」

どうせあと二日か三日でいなくなると、菊之助は投げ遣りに言った。


銀次郎の片想いのまま、三日が過ぎたその日の昼ごろ。

「お千香さん、いるかい？」

閉る障子戸に向けて、銀次郎が声をかけるも返事がない。

この三日の間、食事か厠《かわや》以外は外に出ないお千香であった。なので、これまで銀次郎が訪れるたびに、必ず「はーい」と機嫌のよい声を発して、にこやかな顔を見せてくれたものだ。

戸口に立つ銀次郎の背中に、通りがかった菊之助が声をかけた。

「なんだい、昼日中っからいちゃいちゃしようってんかい？」

菊之助が、下衆《げす》な言葉で銀次郎を茶化す。

「そんなんじゃねえやな」

銀次郎が、真顔で返した。

「まあ、怒るな。ところで、暇ならおれのところで、一杯やってかねえか？　朝吉が、美味《うま》い烏賊《いか》の塩辛を持ってきてくれたんでな、そいつを肴《さかな》に……」

銀次郎の、茹《ゆだ》る気持ちを冷まそうとの、菊之助の思いであった。

「そうだな。きょうは賭場《とば》がねえんで、体が空《あ》いてる」


塩辛の小鉢を前にして、菊之助と銀次郎の昼酒がはじまった。最初は、互いの湯呑茶碗に酒を注ぎ合う。あとは勝手の手酌酒である。一升徳利が、間に置かれる。

「どうだい、お千香さんと所帯を持てそうかい？」

菊之助が、自分の湯呑に酒を注ぎながら。冗談めかしで訊いた。

「ああ……」

しかし、銀次郎の答は精彩を欠いている。首もいく分、傾き気味であった。

「どうしたい、なんか気になることでもあるんか？」

「いや、そういうわけじゃねえ」

「だったら、そんなつまらなそうな顔……」

「いや、実は……」

銀次郎が、菊之助の言葉を遮り語り出す。

「きのう、お千香さんと一緒にいたとき……」

「何か、あったか？」

「ちょっと、気になることがあってな。所帯を持つとか持たないとかといった、浮いた話じゃねえんだ」

「ほう、それで……？」

菊之助も、お千香の身の上については何も知らない。知り合って、まだ三日目なのだ。その間、銀次郎のほうが遥かに多くお千香と接している。

「きのう話をしてたら、急に吐き気がすると言って……」

「なんだって？　もしかしたら、それってのは……」

「菊之助に、思い当たる節があるんか？」

「ああ。どうやらそれってのは、子供を身ごもった証《あかし》らしい。つわりとかなんとかいうそうだ」

菊之助としても、そんな詳しい知識はない。それらしきことを、以前に灸屋《やいとや》の兆安から聞いたことがあった。

「たしか、お玉ちゃんが鯉太郎《こいたろう》を身ごもったときだったかな」

「てことは、お千香さんには亭主か男がいるってことか？」

ガクリと肩を落とし、気落ちした銀次郎の口調となった。

「銀次郎には気の毒だが、そういったことになるな」

菊之助には思い当たることがあって、小さくうなずきを見せた。

「それにしたって、なんでお千香さんをこの長屋に連れてきたんだ？」

銀次郎は、その事情《わけ》というのを聞いていない。

「昔世話になった人から頼まれてな、数日でいいから面倒見てくれと。それで、大家さんの許しを得て……ただ、それだけだ。何も事情《わけ》なんぞ聞いてなかった」

軽い気持ちで引き受けたが、お千香が身ごもっているとあっては話が違ってくる。

菊之助は、お千香と初めて会ったときのことを思い返した。銀次郎の燃え上がった頭を冷ますためにも、そのことは話しておかなければならないと経緯を語ることにした。

菊之助とお千香が知り合ったのは、三日前であった。

「それが、妙な具合でな……」

妙な具合というのを、菊之助が語り出す。

「お千香さんをここに連れてきた、あの日……」

「なんでえ、古い付き合いじゃなかったんか？」

憮然《ぶぜん》とした表情で、銀次郎が菊之助の話を遮《さえぎ》った。

「いいから、黙って話を聞きなよ」

菊之助が、銀次郎を制して語り出す。

「おれはあの日、花川戸《はなかわど》の辻で昔世話になったお人《く》と偶然に会ってな……」

馴染みの居酒屋『ひさご』で、その人と酒を酌み交わしたところからの話である。

浅草寺《せんそうじ》の鐘が、昼八ツを報せて鳴ってから半刻ほど経ったころである。菊之助が、猿若町《さるわかちょう》の市村座《いちむらざ》で芝居を観た帰りだった。相も変わらず、菊之助は十三代目市村羽《う》左衛門《ざえもん》の弁天小僧に嵌《はま》っている。

芝居が跳ねたあと、そのまま家に戻ろうと馬道を歩いていた。そして、花川戸の辻

にさしかかったところ、

「——あれ、菊之助じゃねえか？」

吾妻橋《あづまばし》のほうから来た、三十歳前後の男から声をかけられた。

「おや、達吉兄《たつきちあに》い。ごぶさたで……」

それは六年ほど前まで、菊之助が内藤新宿《ないとうしんじゅく》で遊び呆《ほう》けていたときの仲間であった。四つほど齢が上なので、菊之助は兄貴分として上に置いていた。

「宿《じゅく》にいたころより、また一段と派手になったたな」

達吉の言葉は、菊之助の若かりしころに触れた。

二

菊之助が道を逸《そ》れたのは、元服をして間もなくである。

徳川《とくがわ》四天王本多《ほんだ》家末裔の四男に生まれ、固い家柄に嫌気が差し、内藤新宿に入りびたり遊びを覚えた。遥かに、武家の生活よりもおもしろい。博奕はするわ喧嘩はするわで、冷や飯食いが極道《ごくどう》となった。

牛込の別当二尊院・通称抜弁天近くにある本多の屋敷にはほとんど戻らず、昼夜を宿場で栄えた内藤新宿の町屋で過ごしていた。そのころから菊之助の身形《みなり》も、総髪を月代《さかやき》のない若衆髷《わかしゆまげ》に結い直し、女物の襦袢《じゆばん》を下に着て、派手な小袖を纏《まと》って歩く、戦国無頼《ぶらい》を髣髴《ほうふつ》とさせる傾寄者へと変身していった。

そんなことが菊之助の脳裏に瞬時に浮かび、そして瞬時に消えていった。

「一段と派手になったんじゃねえか？」

菊之助の姿を頭の天辺《てつぺん》から、草履《ぞうり》の先まで見回して達吉が言った。

「ええ。六年も経てば、気持ちも生き方も変わりますんで。ところで、いつから兄いは浅草に……？」

「いや、内藤新宿にまだいる。たまたま用があって、浅草に来たってわけだ」

「さいですかい」

その用事がなんであるか、訊くのは野暮ってものだ。菊之助は、軽く聞き流した。

だが、その理由《わけ》を達吉が語る。

「たまたまって言ったけど、実はな、菊之助を捜してたんだ」

「おれをですかい？」

菊之助が、自分の鼻を指差して訊いた。

「ああ、そうだ。ちょうどいいところで、出くわしたぜ。昼間っから、足を棒のようにして捜してたからな」

達吉は、相変わらずのやくざである。内藤新宿を縄張りとする夜桜《よざくら》一家の身内で、博奕や女の脛《すね》を齧《かじ》って生きる男である。

「どんな事情《わけ》があるというんで……？」

わざわざ江戸の西外れの内藤新宿から、東外れの浅草まで来たのである。達吉にとって、かなり重たい事情があると踏んだ。眉間《みけん》に皺《しわ》を寄せ、そんな気難しい顔となって菊之助が問うた。

「ああ、ちょっとした頼みごとだ」

「ちょっとした頼みごとでしたら、わざわざ浅草まで来ておれを捜さなくても……」

内藤新宿にも仲間が大勢仲間がいるだろうと、そこまで言いたかったが途中で達吉が遮った。

「こいつは菊之助を頼るのが、一番じゃねえかと思ったからだ」

「六年ぶりに会った、このおれをですかい？」

「だから、いいんじゃねえか。生半可《なまはんか》な野郎には頼める話じゃねえ」

道の端に寄ってはいるが、往来での立ち話である。

「こんなところで聞く話でもなさそうで。でしたら、おれの行きつけの呑み屋で……」

「そうだな。腹も減ってるし……だが、あと半刻ほどしか時がねえ。ちょっと、急いでるんでな」

「すぐそこですから……」

菊之助が歩き出そうとすると、達吉が余所見《よそみ》をして周囲を気にしている。

「兄い、行きますぜ」

「ああ、そうだな」

居酒屋ひさごは、そこから半町ばかりのところにある。浅草寺の東門から馬道に出て、少し手前にある。

奥の小上がりが空いている。

板間には座卓が置かれ、それを挟んだ形で向き合って座るのが、昨今の呑み屋の形式であった。

注ぎ口のある銚子《さしなべ》に、酒が熱燗にされてある。まずは一献と、土焼きの杯《さかずき》に、互いに酌をし合い再会を喜んだ。

近況を語り合い、間のよいところで菊之助が切り出す。

「ところで、おれに頼みごとってのは……？」

達吉が言い出しづらそうだったので、菊之助が促した。

「そのことなんだが、ちょっと待ってくれねえか」

言って達吉は立ち上がると、小上がりから下りた。そして戸口に向いて歩くと、障子戸を開けた。だが、顔を外に向けただけで、体は出ていない。そして間もなく、達吉が戻ってきた。

達吉の背後に、女がついている。

「この女は、お千香と言ってな……」

達吉は土間に立ったまま、女を紹介した。お千香と呼ばれた女が、頭を下げた。口は動くが、小声で聞こえない。その動き方からして「千香です」と、自らの名を語ったようだ。

「おれは菊之助っていいます」

一見、素人《しろうと》女には見えない。達吉が連れてきた女なら当然だろうと、菊之助は得心した。

「まあ、上がって……」

菊之助は、向かい側に座を勧めた。達吉とお千香が並んで座る。

遊び人と玄人女《くろうと》は、並んでいても絵になる。当初は達吉の小指かと勘ぐるも、話が進むにつれ妙な具合になってきた。

もっとも、達吉の女なら端《はな》から一緒についてきている。しかも、お千香には生気がまったくなく、座ってから一度も顔を上げようとしない。うつむくというより、うな垂れた様子だ。

菊之助は、そんなお千香にどんな言葉をかけてよいのか迷った。銚子で酒を注ぎ合っても、そこで言葉は止まっている。達吉も、話の糸口を探っているのか、話し出そうとしない。しばしの沈黙があった。

「おでんを持ってきました」

沈んだ空気を破ったのは、店の女将《おかみ》で行かず後家のお澄《すみ》であった。だが、その異様な雰囲気に遠慮したのか、おでんが盛られた皿を置いてすぐに去っていった。

「さあ、こいつを食べて……」

菊之助が、手を差し出しておでんを勧めた。

「ありがとうございます」

蚊の鳴くような小声であったが、初めて聞いたお千香の声音であった。

それがきっかけとなったか、達吉の口が動いた。

「実はな……」

箸も杯も持たず、膝に手を置いたまま達吉が口にする。

「ちょっとこの女を、菊之助のところに置いてもらいてえんで」

いきなりの、達吉の言い出しに、さすがの菊之助も仰天せざるを得ない。

「置いてもらいてえって……」

返す言葉は、呆れ口調で声に張りがない。

「厄介なのは、十分承知だ。だが、数日でいい」

「承知はよろしいけど、おれが今どういう状況にあるか知ってて言ってるんで？」

「いや、知らねえ。さっきも言ったように、きょう初めて菊之助を捜しに浅草に来たもんだからな。どこで、誰と住んでるか分かるはずもねえ」

「だったら、もしもおれに女房がいたとしたら……」

実際には独り身だが、菊之助はあえて口にした。

「迷惑は承知だ。こんなことを誰かに頼もうと思ったら、菊之助しか頭に思い浮かばなかった。それと、浅草ならばちょっと遠いんで都合がいいとも思った」

「……遠いって？」

このとき菊之助は、お千香が誰かに追われていると感じた。

——匿《かくま》うってことか。

「兄いの頼みなら……」

何があったか分からないが、昔の恩義があるので無下《むげ》には断れない。

「おれが住んでる長屋に来ませんか。そこだったら、お千香さんも安心していられるでしょう」

今ならけったい長屋はいくつか空き家がある。そこに住まわせるだけなら、聞き入れることができる。

「そうかい。引き受けてくれるかい。さすが、ぬけ弁天の菊之助だ。俺が見込んだとおりの男だぜ」

達吉が、座卓の上に上半身をせり出しながら言った。それにお千香の表情も、いくぶん分和《なご》んだように見えた。

話が決まると、達吉はそわそわし出した。

「急いでるんでな、あとはよろしく頼まあ」

達吉はそう言い残すと土間へと下り、急ぎ足で居酒屋から去っていった。

お千香は相変わらずうつむいたままで、言葉を発さない。

何を話しかけてよいか分からず、菊之助は手酌で酒を呷《あお》った。しかし、ずっとこのままというわけにもいかない。やはりここは身元から探ろうと、菊之助は杯を卓に戻した。

「あのう……」

「そのう……」

奇しくも、菊之助が語りかけると同時に、今まで下を向いていたお千香の顔が上がった。

「どんな……」

「後生ですから、今は事情《わけ》を訊かないでください」

お千香が、菊之助の口を制した。

「そうは言ってもなあ、匿う以上は……いや、もういいや。訊いたって、何も教えちゃくれねえだろうから」

「すいません」

と言って、お千香は再び顔を伏せた。

三

菊之助は、大きくため息を吐いて経緯を語り終えた。

銀次郎はそれを、腕を組んで聞いていた。

「そういったわけで、素性も何も聞いていねえ」

菊之助の話を聞いて、銀次郎が考えている。

「もしかしたら、その達吉って人がお千香さんの子供の父親じゃねえんか？」

「おれも考えたけど、どうやらそのようだな。だが、達吉兄いとお千香さんは夫婦じゃなささそうだ」

「なんで、そう言える？」

「だってそうだろ。夫婦だったら、最初に俺の女房だとか言って紹介するはずだ。ひさごに来たときだって、別々に入ってきたんだぜ。そんな夫婦、世間に……」

「菊之助、それってのは駆け落ちじゃねえんか？」

話を途中で遮って、銀次郎が言葉を挟んだ。

「達吉兄いが、駆け落ちだって？」

「ああ、他人《ひと》の女房を寝取ってな」

六年前は、腕と気風《きっぷ》で名を通した達吉である。少なくとも菊之助は、そんな達吉の男伊達《だて》に惚れた。それほどの男が、他人《ひと》の女房に手を出すはずがない。と思っても、菊之助の記憶に浮かぶのは達吉の六年前である。しかも、やくざとあれば、真っ当な道を踏み外すのが仕事である。俠客《きょうかく》を気取っていても、気性は荒くれなのだ。

「そうかもしれねえ。だったら、身近な人には相談できねえよな」

菊之助は、自分を頼ってきた達吉の気持ちが分かる気がした。

「数日世話を頼むって言ったのは、ほとぼりを冷まして迎えに来るつもりなんだろうよ。銀次郎も、ずいぶんと尻の軽い女に惚れちまったもんだ」

「まったくだ。よかったぜ、俺の女房にしなくて。それにしても……」

銀次郎の表情が変わった。

「それにしてもって、何かあったか？」

「駆け落ちにしては、どうもお千香さんの様子がおかしいんでな」

「様子がおかしいのは、当たり前じゃねえか。旦那を裏切って逃げてきたんだぜ、そりゃ普通の様子でいられるってほうが不思議ってもんだ」

「それはそうだが……」

「なんだ、まだ何かあるのか？」

「いやな、お千香さんが言った一言が妙に気になってんだ。今にして思えば、俺がその気になったのも、その一言があったからかもしれねえ」

「なんて言ったんだ？」

「きのうのことなんだが『できたら、ずっとここにいたいって』な。それってのは、この俺と所帯を持ちたいってことだろ？」

「そいつはなんともいえねえけど、銀次郎にしてみりゃそう取るだろうな。それにしても、好いた男と駆け落ちをするにしちゃ、ずいぶんとけったいな話でんな」

菊之助が、上方《かみがた》弁を交えて言った。

なんとも、お千香の真意が図りかねる。だが、所詮は男と女の仲である。それ以上立ち入る話でもないだろうと、菊之助はその話題から遠ざかることにした。

「まあどうであれ、おれたちが詮索する話でもねえだろ」

「そういうこった。ところで今度、花川戸一家の賭場でな、手本引きの胴師《どうし》を頼まれちまってな……」

話題が、まったく切り替った。博奕の話で四半刻ほど過ごすと、正午を報せる鐘が鳴りはじめた。ここが汐《しお》と、銀次郎は腰を上げた。

真昼間から、自分の寝床で寝転ぶのももったいない。銀次郎は浅草奥山《おくやま》で遊んでこようと長屋から出ることにした。

お千香はまだ戻ってなさそうだ。そんなことを思いながら、銀次郎は戸口の前を通りすぎようとした。

「ん……？」

何か気にかかることがあって、銀次郎は障子戸を開けた。

すると、上がり框《かまち》に一通の書付けが封をされて置いてある。『きくのすけさま』と、宛名が記されてある。

「なんでえ、俺宛じゃねえんかい」

礼言の置手紙にしては、分厚くいく分の重みがある。きくのすけと書いてある手前、銀次郎には封を切ることができない。

銀次郎は引き返すと、菊之助の家の戸口を開けた。

書付けは、二通入っていた。

「一通はおれにかい」

「ああ、そうだ」

俺にではなかったと、銀次郎の口惜しそうな物言いであった。

封が厚かったのは、書付けと共に浅草寺のお守りが添えられてあったからだ。『安産祈願』と、守り袋には書かれてある。そして、もう一通の書付けには『八十吉へ』と、かな文字でない名が記されている。

「……やそきち？」

と宛名を読むが、菊之助には八十吉という名に覚えがない。菊之助に宛てられた、もう一通を読もうと書面を広げた。

「なんて、書いてあるい？」

銀次郎がのぞき込むように言った。

「今、読んでやる……どれ。おせわになりましたってか」

「世話をしたのは俺だぜ」

文頭だけ聞いて、銀次郎が口を入れた。

「いいから、最後までだまって聞いてくれ」

仮名だらけの文章を、菊之助は読みはじめた。

〈おせわになりました　だまって出ていくことをおゆるしください　あたしはこれか

らあるところに行かなくてはなりません　そこできくのすけさまにおねがいがありま
す　このてがみをないとう新じゅくの夜桜一家にいる八十吉にとどけてほしいのです
ずうずうしいおねがいですがよろしくたのみます　八十吉はあたしのていしゅなので
す　千香〉
　大きな文字で、紙面一杯に書かれてある。
「俺のことは書かれてねえかい？」
「銀次郎とは、一言も書いてませんね」
「なんでえ、つまらねえ」
　けったくそ悪いと悪態を吐いて銀次郎は立ち上がると、そのまま菊之助の家を出ていった。
「頼まれちゃ、行くしかねえな」
　面倒臭いと思いながらも、頼まれたとあっては引き受けなくてはならない。断ろうにも、相手はいないのだ。
「久しぶりに、夜桜一家の権十郎《ごんじゅうろう》親分に挨拶でもしてくるか」
　内藤新宿に根を張る博徒の夜桜一家は、菊之助もよく知るところである。その貸元《かしもと》である権十郎にはずいぶんと世話になった。そんな義理を菊之助は思い出し、三里ほどの道を歩くことにした。

正午を報せる鐘が鳴ってから、まだ四半刻も経っていない。

「今から行けば、七ツ前には着けるか」

菊之助は、独りごちると立ち上がった。そして、薄青みのかかった白花色の地に緋《ひ》牡丹《ぼたん》の花が一輪描かれた袷《あわせ》に着替えると、そこに黒の羽織を被《かぶ》せた。


浅草諏訪町から内藤新宿に行くには、蔵前《くらまえ》通りから浅草御門を出て、神田川《かんだがわ》沿いをひたすら西に向かう。神田川はやがて『の』の字を巻くような外濠となって、四谷御《よつやご》門《もん》の前に出る。そこから西に伸びるのが青梅《おうめ》、甲州《こうしゅう》に向かう街道である。

牛込の実家には父親の逝去で昨年帰ったが、内藤新宿に来たのは菊之助にとって六年ぶりであった。

内藤新宿は甲州道と青梅道の最初の宿場であり、およそ百五十年前の享保《きょうほう》の世に一度廃止されたが、五十年後に復興して以来品川《しながわ》宿《しゅく》に次ぐ盛り場として栄えていた。

岡場所としても、その名は広く轟《とどろ》いている。

江戸府内に岡場所は、多いときは八十箇所ほどあったが、今はどこも取り潰され、遊郭として残っているのは、幕府公認の吉原と内藤新宿を含む江戸四宿《ししゅく》だけとなっていた。

菊之助は、内藤新宿に着いても遊郭には向かわず、真っ先に地元の貸元『夜桜一家』の権十郎を訪ねた。

「おや、菊之助じゃねえか、久しぶりだなあ。浅草に行っても相変わらず傾《かぶ》いてやがるみてえだな」

浅黒い顔に満面の笑みを浮かべ、権十郎は快く菊之助を迎え入れた。

「親分さんも、お変わりなく。おや、ちょっと痩せたんでは?」

「持病もあるし、太りすぎてたんでな、ずっと酒を我慢している。俺ももう、五十に手が届く齢になって、体を気にするようになった」

「でも、お若い」

貸元権十郎の口ぶりから、菊之助とはかなり懇意とみえる。

親子の盃は交わしてないが、別のところで深い義理があった。

「菊之助は、命の恩人だからな」

心《しん》の臓《ぞう》の発作で道にうずくまっていた権十郎を、菊之助は介抱して助けたことがある。それが縁で、夜桜一家に出入するようになった。

「親分さん、そいつは……」

言いっこなしだと、菊之助は首を振る。

「ところできょうは、何しに来たい？」

権十郎の問いに、菊之助は居住まいを正した。

「こちらに、八十吉さんてお方が……」

「八十吉に、なんの用事だ？」

今までにこやかだった権十郎の顔に血が上《のぼ》ったか、顔面がどす黒く変わり、渋面《じゅうめん》となった。そして、身を乗り出して言う。

「最初から、詳しく聞かせちゃくれねえか」

菊之助は、お千香の頼みごとを後回しにして、経緯を語ることにした。

「先だって、達吉兄いが浅草に来まして……」

「何、達吉が？」

権十郎の眉間に、さらに皺が一本増えた。

達吉は、夜桜一家の身内である。菊之助と知り合ったときは、まだ部屋住みの三下《さんした》であったが、今は代貸《だいがし》の下につき若い衆をまとめる役目についていた。

菊之助は、経緯を最初から語った。

それを、身じろぎもせず権十郎は聞いている。

「そんなわけで、お千香さんから頼まれまして……」

菊之助が懐《ふところ》から書付けを差し出すと、権十郎は黙って立ち上がりそのまま部屋を出ていった。

その不可解な動きに、菊之助は首を傾げる。

さほど時を置かず、権十郎は戻ってきた。

「待たせてすまねえな」

と、権十郎の一言詫びが入った。背後に若衆《わかいし》が一人ついている。齢は二十を少し越したあたりで、まだ三下の駆け出しといったところだ。権十郎の、斜めうしろに控えた。菊之助の知らない男であったが、名は分かる。

「阿佐ヶ谷《あさがや》の八十吉といってな、まだ若いがなかなか根性が据《す》わっている」

「八十吉と申しやす。どうぞ、よしなに」

正座している膝に手を置き、八十吉は深く腰を折った。

「お千香さんのご亭主で？」

「さいでやす。お千香が浅草に……？」

菊之助と初対面の挨拶を交わしてからも、一度も笑顔を見せてはいない。むしろ、眼光鋭く菊之助を見やっている。やくざになるだけあって、その強面《こわもて》は堅気衆ならたじろぐところだ。

「実はな菊之助……」

権十郎が、重い口調で語りだす。

四

いやなことを聞かされると思いながらも、菊之助は黙って次の言葉を待った。

「お千香ってのはな、こいつの女房なんだ」

権十郎の語りに、八十吉が小さくうなずきを見せた。それは菊之助も承知している。なので、表情は変えてはいない。

「達吉はな、八十吉の女房お千香と駆け落ちしやがった」

「なんですって！」

やはりかと、菊之助の思いはあるが、あえて驚きを口にした。

「それがまさか、浅草の菊之助のところを頼ってたなんて、夢にも思わなかったぜ」

兄貴分であった達吉が、いくら遊び人といっても、他人の女房を寝取るようなそんな不埒《ふらち》なことをするとは到底思えなかったし、思いたくもなかった。だが、話を聞いて菊之助は考えを改めることにした。

「それじゃ達吉の兄い……いや、達吉さんはここには戻ってきてないので？」

「ああ。お千香と一緒に逃げてからってもの、戻ってきちゃいねえ。もう三日になるかな」

権十郎の話だと、内藤新宿を出てからすぐに浅草に来たようだ。そして、お千香だけ浅草に置いて、達吉は姿を眩《くら》ました。てっきり内藤新宿に戻っているとばかり思っていたのだが、これで駆け落ちと、菊之助にははっきりと思えてきた。

八十吉は、お千香の手紙を開いて読んでいる。口をへの字にさせて、その表情は固い。

「お千香の、ばかやろう」

強面が渋面を造り、さらに苦渋を発する。その悔しさは、独り身の菊之助にしても痛いほど分かる。今は慰める言葉もなく、黙って八十吉を見やるばかりであった。

「八十吉、お千香がどこに行ったか書いてあんのか？」

「いえ。駆け落ちしたんじゃ、行き先なんか告げねえでしょ」

「それもそうだな」

と、権十郎も得心をする。

「それに、やや子ができたと……くそっ、達吉の……」

八十吉は、お千香が宿した子は達吉の子供と取った。

「もう、兄貴でもなんでもねえ。義兄弟の盃は、返《けえ》してやる！」

八十吉の憤りを、親分の権十郎は苦虫《にがむし》を嚙み潰したままの表情で聞いている。そして、口にする。

「おい八十吉、これから浅草に行ってお千香を連れ戻してこい」

「へい」

八十吉が返事をしても、お千香はもう浅草にはいない。

権十郎と八十吉のやり取りを、菊之助は考えながら聞いている。八十吉の足元にある、浅草寺のお守りに菊之助の目が向いた。

「……おや？」

改めて、お守り袋にある字を読む。そこには『安産祈願』と書かれてある。これは懐妊した人に授けるもので、当人が人に与えるものではない。しかも、授けるのは亭主である。

八十吉は、お千香が懐妊していることを知らなかったようだ。そこに何か思い違いがあるのではないかと、菊之助の思考が巡った。

「……腑に落ちない」

呟きが、菊之助の口から漏れた。

「何が腑に落ちねえって?」

呟きが聞こえたか、権十郎の訝《いぶか》しげな顔が向いた。それに菊之助は、問いを向ける。

「よく考えたら、本当に駆け落ちなんでしょうかねえ?」

「菊之助は、何が言いてえ?」

「だってそうでしょ、親分さん。理由《わけ》はいくつかあります」

「ほう。その理由ってえのを聞かせてくれ」

権十郎は聞く耳を持ったか、いく分体をせり出した。

「一つは、ここを抜け出してから、真っ直ぐに浅草に来たこと。駆け落ちならば、どこかに泊まって二日三日は気持ちを落ち着けるでしょうよ」

「それもそうだな」

と、権十郎も思案顔で答える。

「それと、達吉さんは言ってました。このおれ……菊之助を頼ってきたと。昔のよしみなら、なおさら不義密通の逃げ場としてはそぐわないんじゃないですか?」

「なるほどな。菊之助の言うことも一理ある」

首をうなずかせながら、権十郎は得心の面持ちとなった。

「それと、お千香さんを数日預かってくれと言って、おれに托《たく》すことなんかしないで、とっとと二人してどこかに行っちまうはずでしょうよ」

「いちいちもっともだ」

うなずき権十郎は、八十吉に顔を向けた。

「おめえとお千香の、最近の仲はどうなんだい？」

親分の問いに、八十吉は答える。

「へい……むしろ、仲良く子づくりに励んでいたくれえでして……この半年、夫婦喧嘩ひとつしたこたぁありやせん」

仲睦《なかむつ》まじかったと、八十吉の顔に苦笑いが浮かんでいる。

「だったら、達吉のほうはどうなんで？」

「へい。達吉兄いも、いつもと変わらず……あっしの顔を見ても、なんら表情に疚《やま》しいところはありやせんでした」

達吉の筋からも、事情は判明できない。

「おれの知ってる達吉さんは、とても他人の女房を寝取るような、そんな卑怯《ひきょう》な男とは違いますぜ」

この駆け落ちに深い事情を感じ取ると、菊之助の考えは改まっていった。

ただ不思議なのは、八十吉宛への手紙にはこれからどこに行くとも書かれていない。しかしこの手紙からも、達吉とお千香の仲は潔白と取れる。その一文に『……しんぱいしないで』とあったからだ。二度と帰らない覚悟の家出なら、そんな書き方はしない。お許しくださいとか、どこかに詫びの言葉があるはずだ。

「八十吉さん、これから浅草に行きましょう。そうすれば、何か事情が分かるかもしれない。このおれも、一肌《ひとはだ》脱がせて貰いますよ」

菊之助が、八十吉に打診する。

「とにかく、こんなところで考えてたって埒《らち》が明かねえ。お千香と達吉を見つけ出すまで、帰ってくるんじゃねえぞ」

親分の権十郎からも発破《はっぱ》をかけられ、八十吉は大きくうなずきを見せた。

今の段階では、その事情というのが誰にも分かっていない。まずは、それを探ろうとなった。

お千香は八十吉より三つほど年上の、姉さん女房である。

なぜに家出なんぞしたんだと、八十吉の悔やみは浅草までの道中ずっとつづいた。

菊之助は返す言葉もなく、聞き流すだけであった。

「八十吉さんは、浅草は初めてで？」

浅草まで来て、初めて菊之助は声をかけた。

「へえ。阿佐ヶ谷の田舎の生まれなんで、浅草には来たことねえです」

「ところで、お千香さんはどこの生まれで？」

考えてみれば、お千香からは何も聞いていない。銀次郎にすら、何も語ってはいない。

「へえ。武州《ぶしゅう》は川越《かわごえ》と……」

「そういえば達吉兄いも、たしか、川越《あっち》のほうから来たんではなかったかな？」

ずっと以前、達吉が言っていたことを菊之助は思い出した。二十歳のころ内藤新宿に流れてきて、権十郎の盃を受けた渡世人である。

「仙波《せんば》の達吉とか言ってたな。なんだい、仙波ってのは？」

菊之助は、川越とはまったく無縁である。行ったこともなければ、地名すら思い浮かべたことはない。

「仙波ってところは、川越城下の南の在にある地名だそうですぜ。新河岸川《しんがしがわ》って

「……」

「そういえば思い出した。花川戸と川越を行ったり来たりする……そうだ、そいつを川越夜船とかいってなかったか？」

武州川越と江戸とは、物資や人を船で運ぶ、新河岸川と荒川《あらかわ》の水路で結ばれていた。早便ならば夕方に出立し、一夜をかけて運行するところから『川越夜船』と呼ばれている。

「……川越か。そのへんで何かありそうだな」

一つの手がかりになるかもと、菊之助が前方を見据えて呟きを漏らした。

浅草に着いたときはすっかり暗くなり　どこの家でも行灯《あんどん》にぼんやりした明かりを点《とも》すころとなっていた。むろん、お千香が住む障子戸から明かりは漏れていない。

「ここに三日ばかり泊まってた。そうだ、中に入ってみるか」

何か手がかりが残されているかもしれないと、菊之助は探ることにした。誰も住んでいないので、声を飛ばすことなく障子戸を開ける。

家財道具もなく、部屋の片隅にはきれいに夜具が畳まれている。あとは何もなく、きれいに片付けられている。

「何もねえな、こりゃ」

これではまったく手がかりさえもつかめない。ただ一つ、糸口があるとすれば『川越』という、二人に共通した土地の名である。だが、それですら想像に過ぎない、細い線であった。

「どこに行っちまったんでしょうかね？」

と、八十吉が不安に駆られている。

「分からない……いや、待てよ……」

菊之助は、ふと考えた。

先だって、花川戸の辻で達吉から声をかけられたときのことを。

「たしかあんとき……」

達吉は、吾妻橋のほうから来た。その先大川を渡れば、そこは本所《ほんじょ》である。達吉とは、まったく縁のなさそうな土地である。

「なぜにだ？」

浅草に来て、菊之助を捜していたと言っていた。だが、それだけでなくもう一つ浅草に来た理由がありそうだ。

「観音様に、お参りってことだけじゃねえだろ」

たしかに、観音様にお参りはしている。それは、お守り袋からも知れた。

ひさごに行こうとしたとき、達吉はなにやら周囲を気にしていた。

「あれは、お千香さんがついてきているかどうか、たしかめたんだな」

誰に話しかけるでもない、菊之助の独り言である。八十吉には、ぶつぶつとしか聞こえない。

「時は夕七ツ前……だったら、思いつくのはこれしかねえか」

菊之助の脳裏に浮かんだのは、花川戸の船着場である。

いつか吾妻橋の上から見た、帆を掲げた荷船が停泊した光景であった。帆には『一六』とか『二七』とかの、数が書かれていた。これまで気にしたこともなく、それが船の出立日を表すとはまでは知らない。

吉原への送り迎えをするので、まだ船宿は開いている。

「八十吉さん、ちょっと花川戸まで行ってみよう」

「花川戸って……?」

「分からなくてもいい。ただ、ついてきてくれ」

余計な説明をする暇はない。菊之助が駆けるように出ていくと、八十吉が速足であとを追ってきた。

五

吾妻橋の袂から、大川の堤を北に一町ほど行くと大きな船着場がある。廻船問屋『江川屋《えかわや》』が荷卸《におろし》をする栈橋である。屋号からして、江戸と川越間の水運を担っているのが知れる。

暮六ツ《くれ》はとうに過ぎているものの、船宿も営んでいるので馬道沿いの店はまだ開いている。菊之助は、いく度もこの店の前を通っているが、訪れるのは初めてであった。

「いらっしゃい。吉原までですか？」

菊之助と八十吉が店に入ると、手代《てだい》らしき奉公人が声をかけてきた。この刻ともなると、男の二人連れのほとんどは、遊郭吉原に行くものと取られる。

「いや、違うんで。ちょっと、訊ねたいことがあって」

客でないのかと、手代の顔がにわかに不機嫌そうに変わった。

「川越まで……」

こんな客を乗せなかったかと、達吉とお千香の容姿をこと細かく語った。

「お二人連れで……？」

「いや、別々だと……男のほうはおそらく三日ほど前。女のほうは、もしかしたらきょう……」

持ち場が違うので、川越までの便についてはは分からないという。

「今、夜船の客を扱う女将を呼んできますので」

言って手代は奥へと入っていった。

「すると菊之助さんは、二人は川越に行ったと思ってやすんで？」

「ああ、多分……だが、そいつはあくまでもおれの勘《かん》でしかない」

しばらくして、奥から四十前後の女将が顔を出した。

「どなたかお捜しとか……」

「ええ。今、手代さんに……」

女将の背後に、手代が控えている。菊之助は、その男の顔を見やりながら言った。

「大変申しわけございませんが、お客様のことにつきましては教えられないことになっておりますので」

客の秘密は護る義務が船宿にはあると、女将は言う。「そこを曲げて……」と、菊之助は押そうとしたが止《や》めた。こういった固さが、店の信用につながると思ったからだ。

「なるほど、分かりました」

　菊之助は得心し、素直に聞き入れることにした。

「ところで、次に川越に行く船はいつごろ出ますんで？」

「あした、早船が出ます。いつもは夕七ツから七ツ半の間に出立しますので、それにお乗りになれば、あさっての朝には川越に着きます。その便を逃しますと、あと三日待たなくてはなりません。それまではみな並船となりますので」

　並船だと、二昼夜以上かかる。新河岸川には途中三十箇所の河岸があり、立ち寄りながら荷の積み卸しをするので、かなりの時を要する。もっとも、それは荷運び専用で、人は乗せない。

「きょう出たのは、早船なので？」

「いえ、飛切り船と申しまして、この便は特別早く、朝の四ツ前に出立し夕刻には川越に着きます。魚などの新鮮な物を運びますので」

　菊之助の問いに、女将は懇切丁寧に教えてくれた。

「その便には、人も乗せますので？」

「ええ。五人くらいなら……」

「きょうの客に二十四、五になる女の人が乗ってなかったですか？」

菊之助の問いに、女将の返事はない。そこで、問いを変えてみる。

「あしたの便に、おれたち二人も乗せてもらえますか?」

菊之助の問いに、八十吉の驚く顔が向いた。

「ええ、もちろんですとも。それで、どちらまで?」

「川越の仙波ってところまで……」

「ならばちょうどよかった。船の到着地は、川越仙波に近い扇河岸《おうぎがし》ってところですから」

菊之助は、それに乗って川越に行くことにした。

「夜船は寒いんで、温かい格好をしてきてくださいませ」

明日の便に乗る予約を取って、菊之助と八十吉は外へと出た。


「本当に、川越に行くんで?」

外に出ると、早速八十吉が訊いてきた。

「ええ。二人は川越にいる……多分」

注釈をつけて、菊之助は答えた。

「どうしてそれが分かるんで……?」

「女将が答えてくれたからさ」

「えっ？　女将は教えられないと言ってましたぜ」

「だから、それが答さ」

禅問答のような菊之助の答に、八十吉は首を傾げることしきりであった。

「教えられないって言ってるのが、教えてくれてるってことよ」

それでも八十吉の首は傾いでいる。

「つまりだな、もしそれらしき客が乗ってなかったら、女将はこう答えるはずだ。『いえ、心当たりはまったくございません』とかなんとか、きっぱりと答えるはずだ。いたとは言えないが、いなかったとは答えられる。川越まで行く客はそんなに多くはいないはずだし三、四日前なら、どういった客が乗ったかくらい覚えているだろうよ。それとだ……」

「それと、なんです？」

「女将は、こうも言った。今度の船はいつ出るかって訊いたら、あしたの船に乗ればあさっての朝には着くって答えただろ」

「ええ、言ってやしたね」

「これでおれは確信を持てた。もしおれの言った男と女に心当たりがなければ、そこまで親切には教えてはくれんだろ。乗せてもらえるかって訊いたら、もちろんですって答えたものな。みすみす無駄足になるのが分かっていたら、違った言い方になるはずだ。あの女将は、船宿の決まりもあり、面《めん》と向かって答えられないことを、遠まわしに教えてくれたのさ。そうだ、それとまだあった」

「なんです？」

「達吉兄いが急いでいたのは、夕七ツ半ごろには出立する夜船に乗るためだった。しかも、お千香さんがなぜに一緒に行かなかったかも分かった」

「なぜなんです？」

「お腹に、やや子がいるからよ。夜船は寒いって言ってただろ。そんな船には乗れないだろう。なので、三日後の昼間出る船に乗ることにした。達吉兄いは、一足先に川越に向かったってことだ」

「なんの用事で行ったのか、俺はそいつを確かめてえ。達吉兄いへの誤解を解くためにも」

　八十吉の気持ちも定まっていた。菊之助は暇なのと一肌脱ぐと言った手前、川越行きに付き合うことにした。

翌日の夕刻、菊之助と八十吉は川越行きの夜船に乗り込んだ。

客が乗る胴の間は屋根と障子で雨風は防げるが、夜は格段と冷える。分厚い褞袍《どてら》が用意され、かろうじて寒さは凌《しの》げる。八十吉は渡世人の旅姿で、そこに縞《しま》の合羽《かっぱ》を纏《まと》っている。

「この寒さじゃ、子を身ごもったお千香さんには無理だな」

春とはいえ、夜は極寒だ。乗って初めて夜船の辛さを知って、菊之助は体を丸めて口にした。

「まったくで」

乗り合い客はほかに、商人風の男が二人いたが連れではないようだ。十人ほどが乗れる胴の間は、窮屈でないのがありがたかった。ただ、寒さだけは辛い。この季節、船旅の客が少ない理由が分かった。

戸田《とだ》の先で荒川から新河岸川に入ると、その先は九十九《つくも》曲《まが》りという蛇行した川である。船が曲がるたびに揺れ、眠るにも眠れない。まんじりともせず横になり、ひたすら朝が来るのを待った。

「もしこれで、二人が川越にいなかったら、とんだ無駄足だな」

ほかの客に迷惑にならぬよう、菊之助が小声で八十吉に話しかけた。

「まったくで。それにしてもお千香の馬鹿やろう、何を考えてやがるんで？」

八十吉の声の震えは寒さばかりでない。怒りが口調を荒くする。

「おい、あまりでかい声を出すな」

「すいやせん、つい……」

八十吉の怒りも分かると、菊之助はそれ以上たしなめることはなかった。

川越の手前の、福岡《ふくおか》河岸というところまで来て外は明るくなってきた。

「扇河岸には、あと一刻ほどで着きやすぜ」

障子戸が開いて、水主《かこ》と呼ばれる船頭の声がかかった。

仙波町は、扇河岸で船を下りて北に五町ほど行ったところである。川越の、南の在にあたる。

達吉の生まれ在所であると聞いたが、船から下りてもただ田畑がつづく殺風景な土地であった。その中に点々と、農家の藁《わら》葺《ぶ》き屋根が見える。畦道《あぜみち》をひたすら歩いていると、遠くに町並みが見えてきた。

「あそこが仙波ってところだな」

「そのようで」

目的地が見えてくれば生気も戻る。菊之助と八十吉の声が、いく分弾んだ。だが、そこから達吉の生家を探さなくてはならない。また、探し出せたとしても、そこに達吉とお千香がいるかどうかは別である。

悲観的な考えが脳裏をよぎったか、八十吉の口から大きなため息が漏れた。

「せっかく寒い思いしてきたんだ。とにかく行ってみようぜ」

菊之助が足を急かせると、八十吉もそれに従った。

「すまねえ、菊之助さん。おれたちのために、こんなところまで……」

「いや、いいってことよ。それにおれだって、まんざら関わりのないことじゃねえし」

菊之助とすれば、兄貴分達吉のことが気になる。他人の女房を寝取っての駆け落ちか、はたまた別の事情があってのことか。それを見定めるまでは、寝つきが悪いというものだ。

そうこうするうちに、町屋へと近づいた。町屋といっても、江戸とはまったく違う景色である。数軒の民家が道沿いに並び、それが一区画を形成している。

手がかりは『仙波の達吉』という名である。農家の作業場で、縄を綯《な》う職人にまずは訊ねた。

「いや、知らねえべよ」

と、武州弁のつれない返事であった。別のところでも尋ねたが、そんな答が三つも返ると、気持ちが萎《な》えてしまう。それでもあきらめなければ、少しはましな返事に出合える。

「渡世人を捜してんなら、黒沼《くろぬま》の貸元のところに行きゃいいべよ」

仙波から川越城下の南東一帯を縄張りとする博徒『黒沼一家』の在所を聞いた。そ

れともう一つ、重要な手がかりを得ることができた。

「おとといの夕暮れどき、ちょっと粋な女が同じことを訊いてたな。黒沼一家って、

どこだんべってな」

「もしや……？」

菊之助は、お千香が着ている着物の柄《がら》を口にした。浅草にいる間、梅に山茶花《さざんか》の花

があしらわれた柄の、同じ小袖をずっと着ていた。

「ああ、そんだ。そんな着物を着てたな、はぁ。このへんじゃあ見たこともねえべ、

あんなきれいな女っこ……」

「ありがとうよ」

みなまで聞かず男に礼を言い、飛び出すように外へと出た。

「……黒沼一家で何があった？」

喋《しゃべ》ると舌を嚙みそうなので、独り言である。

川越城に近づくほど、一段と町の様相を呈してきた。道を境に北側は武家地、南側は町屋と様相が異なる。

川越と浦和《うらわ》、大宮宿《おおみやしゅく》を結ぶ川越道沿いに、春日局《かすがのつぼね》ゆかりの喜多院《きたいん》がある。黒沼一家は、それより二町ほど西に行った町中にあった。

六

「おひけえなすって……」

渡世人の作法であると、軒下三寸借りて八十吉が仁義を切った。それをうしろから菊之助が見やっている。

三度笠と縞の合羽《かっぱ》を外し　長脇差《ながどす》を背中に収め、八十吉の早口の仁義がつづく。

「てめえ昨今駆け出しもんでござんす．江戸は西の端《はし》内藤新宿は夜桜一家で夜露を凌ぎ……」

「ちょっと待ってくれ」

相手が、途中で仁義を遮った。やくざ渡世のたしなみで、これほど無作法なことはない。その怒りを八十吉は、態度でもって表す。

背中に収めた長脇差を腰に差し戻し、折った腰を伸ばした。その八十吉に、言葉がかかる。

「今、夜桜一家と言ったな」

頭ごなしの、高飛車な物言いだ。険悪な成り行きに、菊之助も気持ちの中で身構える。だが、しゃしゃり出ることは控えた。

「言ったけど、それがどうした？」

八十吉も、嫌悪感丸出しで押し返す。しかし、相手はそれに答えることもなく、奥へと引き下がっていった。

まだ敷居は跨《また》いでいない。

「いったい何があったんでしょうかね？」

八十吉は振り向き、背後に控える菊之助に訊いた。

「さあ。何があったか知らないけど、どうやら川越まで寒い思いをしてきた甲斐はありそうだ」

菊之助は、得物を持たない丸腰である。女ものの厚手の袷に、多色で染めた幟色《のぼりいろ》の、足首まである長羽織を纏っている。川越まで来ても、傾奇《かぶ》いた格好である。

「待たせたな、おい」

しばらくして、中から声がかかった。

「いいから、入ってきな」

中をのぞくと、上がり框《かまち》に初老の男が立膝をして腰を落としている。その貫禄からして、黒沼一家の貸元《かしもと》と見える。

八十吉は、腰から鞘ごと長脇差を抜いて下緒《さげお》を柄に巻きつけた。無抵抗の意思を示す。

「すまなかったな、仁義を遮《さえぎ》って。もしかしたら、お千香って女のことで来たんじゃねえのか？」

「へえ、さいです。失礼さんでござんすが、親分さんで？」

「ああ。俺は黒沼一家の貸元で、伊佐吉《いさきち》っていうんで。おや、うしろにいる、派手な野郎は……？」

伊佐吉の顔が、外に立つ菊之助に向いている。

「へえ、菊之助さんといいやして、堅気《かたぎ》のお人でさあ」

親分を前にして、八十吉の態度は改まった。

「そうかい。入ってこいと言ってやりな。堅気衆を連れてきたんじゃ、堅苦しい仁義なんていらねえぜ。それよりか、おめえは夜桜一家権十郎親分の身内だってか？」

「へい、さようで。さっき名が出てきたお千香ってのは、てめえの女房で……」

「なんだと！」

伊佐吉の驚きが、話を複雑にさせる。

「もしや、てめえの兄貴分でありやす、達吉もこちらに……？」

「いや、達吉はここにはいねえ」

「それじゃ、どちらに？」

「いや、知らねえ。江戸にいるんじゃねえのか？」

逆に、伊佐吉から問われた。すると、伊佐吉の言葉に、菊之助の首がいく分傾《かし》いだ。言葉の中に、何か隠し事があると感じたのである。

「でしたら、お千香をここに呼んでくれやせんか」

「いや、お千香もいねえ。どこに行ったんだかな？」

「どこにって……？」

どうも様子がおかしいと、八十吉はそれ以上訊くのを止《や》めた。まともには答えてくれそうもないと思ったからだ。

「……出直そう」

菊之助が、小声で八十吉に言った。

「分かりやした。どうも、失礼さんにございやした」

不承不承にも、八十吉は菊之助の言うことをきいて引き上げることにした。


渡世人と傾寄者の姿で、八十吉と菊之助が初めて川越の町に足を踏み入れた。小江戸《こえど》と呼ばれる城下町だけあって、往来は人の通りが多く賑やかである。朝飯を食って少し落ち着こうと、縄暖簾《なわのれん》が下りた煮売り屋に入った。

「黒沼一家は、隠してるな」

腰掛けに座ってそうそう、菊之助が決め付けるように口にする。

「つまらねえ、嘘つきやがって」

八十吉が、悔しさを満面に表し、吐き捨てるように言った。

「いらっしゃいませ」

そこに、店の娘が注文を取りに来た。八十吉は歪んだ顔を一旦収め、菊之助が頼んだのと同じ鰯《いわし》の丸干し定食を頼んだ。娘が去って、再び顔が憮然となった。菊之助の表情は、ことさら渋みを帯びている。

「もしかしたらだ……」

「もしかしたらって……？」

菊之助の口ごもる口調に、八十吉が言葉の先を促した。

「八十吉には言いづらいが、本当に駆け落ちしたのかもな」

黒沼一家の親分の様子から、菊之助の脳裏で駆け落ちがぶり返した。

「なんですって！」

店内に響き渡る八十吉の驚愕に驚いたのは、店の娘であった。その拍子に、飯茶碗が載ったお盆を床に落とした。

「どうして菊之助さんは、そう思うんで？」

「どう見たって黒沼一家は、二人を匿ってるとしか思えねえ。そうじゃなきゃ、あんな奥歯に物の挟まった言い方はしねえだろ」

菊之助の言葉に、八十吉の肩はガクリと音を立てて落ちた。そこに「おまちどおさま」と言って、娘が鰯の丸干し定食を運んできた。

何も食べずに、夜中は船に揺られていた。腹は減っているはずだ。しかし、八十吉は食欲が失せているか、箸には手をつけない。

「どうした、食わないのか？」

反対に、菊之助の食欲は旺盛である。

「飯を食うどころじゃねえでしょ」

八十吉の、イライラが募った口調だ。飯も喉に通らない心境に、菊之助が薄笑いを浮かべている。

「女房を寝取られたぐれえで、おろおろするんじゃねえよ。いいお兄《あに》いさんがみっともねえ。だったら尻の軽いつまらねえ女だと、熨斗《のし》まで付けて相手にくれてやったらいいじゃねえか」

菊之助の発破《はっぱ》が励みになったか、八十吉の顔にいく分生気が戻った。だが、すぐに八十吉はまたも肩を落とした。

「いや、お千香だけならいいんだが、もしかしたら、あいつの腹の子は、俺の子かもしれねえ」

「そうだとしたらどうする？」

「だけど、こうなると誰の子だか……」

分からないとまでは口に出せず、八十吉は首を振った。

「いや、やはりあんたの子に間違いはない」

「なんでそう言えるんで？」

「安産祈願のお守りなんてのは、当人が持ってるもんだろうけど、お千香さんはあんたに預けた。他人の子の覚えがあったら、そんなことはしないだろうよ……多分」

しかし、説得する言葉に力がない。今の菊之助では、本意よりも八十吉への慰めと取れる。

はたして、お千香の腹に身ごもるのは八十吉か達吉の子か、はたまた別の男の子か。そこまではなかろうと、菊之助は別の男の線は頭の中から消した。

駆け落ちだとすると、すべてが腑に落ちるように思えてきた。

菊之助は、その一つ一つを頭の中でなぞった。達吉兄いがそんな大それたことをするはずがないと思っていたのは、自分の独りよがりだったかと菊之助は考えを改めた。考えが、二転も三転もする。

「……所詮は極道だからな」

生まれたときから、人の道を外してきた男である。惚れた女ならば、弟分の女房だろうがなんだろうが、手をつけたっておかしくはない。節操がないのが、極道というものだ。そんな話はあちこちで、いやというほど耳にしている。

「……見損なったぜ、達吉兄い。いや、こうなったら兄いでもなんでもねえ」

菊之助の憤りが、呟きとなって漏れる。

「ですが、兄貴に限って……」

八十吉自身は、半信半疑。まだ信じられないといった表情だ。

「なあ、八十吉。おれは、達吉兄いにたぶらかされていたかもしれない。そう考えたら、すべてが腑に落ちるんでな」

菊之助はその理由《わけ》を、一つ一つ解く。

「二人は、端《はな》から浅草から船に乗って川越に行くつもりだった。なぜ船でかというと、川越道中で行ったら人目につくからよ。それと、身ごもるお千香さんの体を案じたんだろうな。出立の日をずらしたのも、駆け落ちを目立たなくするためだ」

夜船を避けたという理由を、菊之助は失念している。

「落ち合う場所を、黒沼一家ってことにしてな。しかし、お千香さんは黒沼一家の在り処を知らなかった」

お千香がとある農家で、黒沼一家の場所を尋ねたのもこれでうなずける。

語っていて、菊之助はだんだんと自分の説に力がこもっていくのを感じた。

「でしたらなぜに、花川戸の辻で菊之助さんに声をかけたので？　そんなことをしねえで、しらばっくれていりゃあよかったのに」

「そこだよ、達吉がしたたかなのは」

菊之助は、兄貴分であった達吉を呼び捨てにした。

「川越までの路銀は、そんなに持ち合わせちゃいねえ。お千香さんが船に乗るまで、どこかに泊めておかなくちゃならねえしな。野宿をさせるわけにもいかねえし、手持ちがないんで宿屋もとれねえ。そこで、浅草におれがいるのを思い出し、捜していた。ああ、おれのところにお千香さんを、船の出立日まで預けようとな。花川戸でおれと出くわせたのをもっけの幸いと、喜んだ顔が目に浮かぶぜ」

達吉の口車に乗ってしまったと、悔恨が菊之助の胸の内に沁みる。

「ですが、菊之助さんが内藤新宿に行くと思ってなかったんですかね？」

「達吉はくそったれの馬鹿野郎だからな、そんなところまで頭が回りはしねえよ」

菊之助の言葉はますます荒れ、達吉を罵倒する。頭の中は一直線となり、どんどんと勝手読みに向かう。

「今ごろは驚いてるぜ。ああ、黒沼一家の奥座敷には達吉もいたはずだ」

「でしょうねえ。まさかあっしが黒沼一家で仁義を切るとは、夢にも思ってねえでしょうから」

「そうだな。ところで、八十吉はこれからどうする？　あきらめて江戸に引き返すか、黒沼一家に乗り込んで、達吉の頭をぶっ叩いてやるかだ」

「乗り込むに、決まってるじゃねえですか」

「ぶった叩いたあとは、どうするい？」

「どうするってのは？」

「お千香さんを連れて帰るか、馬鹿野郎にくれてやるかだ」

「お千香だけならくれてやってもいいけど、子供を身ごもっているんじゃ……もし、それがあっしの子だとしたら連れて帰る」

八十吉の本心は聞いた。だが、菊之助の頭の中ではとんでもない難問が駆け巡って
いた。

「どっちにしろ、こいつは都合よくはいかねえぞ」

「都合よくいかないってのは？」

菊之助の口調に、八十吉が不安そうな声音で訊いた。

「不義密通ってのは、どういうことになるか知ってるんか？」

「……死罪」

八十吉の顔が、にわかに青ざめた。

「ああ、御法度じゃそうだ。だが、幕府のお定めだけじゃねえ。渡世人《ひと》の掟だってそ
うだろうに。他人の女房に手を出すなんてのは、外道《げどう》のやることだ。絶対にあっては

ならねえ。それなりの折檻《せっかん》があるはずだ」

いずれにしても、命をとられるまでの大罪である。

「二人はともかく、子供まではあの世に行かせたくねえ」

「だったら許して、お千香さんを連れて帰る以外にないな」

お千香の体に宿った子供には罪がない。その子を助けるためには、母親の命を奪うわけにはいかない。

そこに気持ちが落ち着いたと、これから黒沼一家に乗り込むことにした。

七

そのころ黒沼一家では、貸元伊佐吉と向き合って、達吉とお千香が並んで座っている。

「今しがた、江戸から八十吉ってのと、なんだか派手な形《なり》をした、おかしな野郎が来たぜ。なんて名だったけかな?」

伊佐吉の話に、達吉とお千香の顔からにわかに血の気が引いた。まさか、ここまで来るとは毛ほども考えていなかったことだ。

「どしたい？　二人とも、急に顔色が青くなったぞ」

「へえ……それでその男、菊之助って言ってなかったですかい？」

達吉が、恐る恐る伊佐吉の顔をのぞき込むように訊いた。

「ああ、そうだ。菊之助とか言ってた。おめえらと、どんな関わりがあるい？」

「いや、ちょっと。昔の仲間でして……」

顔を顰《しか》め、首を傾げ、いかにも困惑したといった達吉の表情である。

「……菊之助の奴、まさか内藤新宿まで行ったのか？」

達吉の口が、ぶつぶつと呟きでもって動いている。

「おい、何をぶつぶつ言ってやがるんで？」

「へい、なんでもございやせん」

と達吉が返すも、伊佐吉の顔から訝しげな表情は消えていない。

その間、お千香はずっと下を向いている。うつむく頭に向けて、伊佐吉が問う。

「八十吉ってのが、お千香は女房だって言ってたぞ。おめえ、亭主がいたんか？」

「……はい」

頭は起こさず、蚊の鳴くような小さな声でお千香が返した。

「とりあえずここにはいねえと追い返してやったがな、あいつらまた来るぞ。もっとも、いくら来たってここにはいねえと追い返してやるだけだがな」

「へえ、すいやせん」

「礼はいらねえよ。ところで、どうしてくれんだこの始末？　このまんまじゃ、今夜にでも達吉の体を荒川に沈めなくちゃならなくなるぜ」

「あっしの命はいくらでもさし上げやすが、お千香さんだけは許してもらいてえ。そんなんで、あっしが川越まで出張ってきたんでやすから」

「いや、その逆よ。本来なら達吉、おめえの命なんてのはどうでもいいんだ。だが、こうとなったら一蓮托生《いちれんたくしょう》で、二人とも死んでもらうぜ」

「いえ、達吉兄さんは関わりのないこと。元はあたしの問題ですから」

お千香が、伊佐吉に向けて言い放つ。黒沼一家に来てから、初めて見せた毅然《きぜん》とした態度であった。

「いや違うぞ、お千香。こいつは、義兄弟の不始末だ。親の血をひく兄弟よりも、固い契《ちぎ》りの義兄弟っていうだろう。だったら達吉を、浅太郎《あさたろう》の代わりに始末しなくちゃならねえ。それに、男と男の、命を懸けた勝負だしな」

伊佐吉が、浅太郎という名を口にした。

「そんな道理なんて、聞いたことありやせんぜ」

「とにかく、きょうの夕刻までに浅太郎が戻ってこなかったら、達吉の命はあしたの朝までだ。そこまで延ばしてやる」

「いや、浅太郎は必ず戻ってくる。いくらなんでも、そんな大それたことをする奴じゃねえ」

「何を根拠に、達吉は言ってるか知らねえけどな、堅気の人を襲って殺し、五両もふんだくった野郎だぜ。黒沼の伊佐吉の顔に、泥を塗ってくれたんだ。浅太郎の代わりに、おめえを折檻《せっかん》しなきゃ、俺の腹の虫が治まらねえ」

「兄さんがやったって、証《あかし》があるんですか？」

お千香が上半身をせり出し、伊佐吉に食いつく。だが、伊佐吉は動じず首を振りながら言う。

「逃げてんのが、何よりの証《あかし》よ。あれからもう、十日にもなるんだぜ。何も疚《やま》しいことがなけりゃ、逃げ出したり……なんだか、外がうるせえな」

伊佐吉の話が止まったのは、戸口先から騒ぎが聞こえてきたからだ。それと同時に、障子の外から子分の声がかかる。

「親分……」

「なんでえ、殴り込みか？」

「さっき来た、女みてえな派手な野郎と八十吉ってのが、達吉を出せって騒いでやすぜ」

「達吉を出せだと？　そんな奴はいねえと、追い返しゃいいだろうが。何してやがんでえ、てめえらは」

「それが木刀を振り回し、強えの強くねえの。あっという間に、四人ほど打《ぶ》ちかまされて……」

「菊之助だ」

言うと同時に、達吉の腰が浮いた。

「親分、あっしが行きやすぜ」

「おめえは……」

伊佐吉が止めようとするも、達吉はきかない。そのまま戸口へと向かっていった。

お千香も、すぐにそのあとにつづく。

「あっ、出てきやがった」

八十吉が気づき、菊之助に声をかけた。土間には四、五人の子分たちが菊之助に木刀で打たれて転がっている。達吉とお千香が出てきたときは、菊之助は背中向きであった。

振り向いた菊之助の木刀の鋒《きっさき》が、上がり框《かまち》に立つ達吉の鼻に向く。

やくざの喧嘩出入りではないと菊之助から止められ、八十吉は長脇差を抜いていない。

「こんなところで何をしてやがんで、菊之助？」

達吉の口調は兄貴分である。

「訊きてえのは、こっちのほうだ。そっちこそ、何してやがんで？」

「なんだとう？　誰に向かって……」

達吉の口が止まったのは、睨みを利かした八十吉の顔がお千香に向いているからだ。

「ああ、そういうこったか。菊之助、とにかく木刀を下ろせ」

「いや。あんたをぶっ叩かないうちは……」

言いながらも菊之助が木刀を地べたに捨てたのは、達吉の表情が穏やかになったからだ。

「おい、他人《ひと》んちの宿《やさ》で何をしてやがるんで？」

伊佐吉の怒声に、菊之助は深く頭を下げた。

達吉から、話をすべて聞いた。

しかし、菊之助は、自分の思い過ごしと分かっても心は晴れない。

「ごめんね、おまえさん。黙って出てきたりしちゃって」

お千香が八十吉に謝《あやま》っている。

「なんで、俺に話して……いや、おめえの気持ちはよく分かった。それよっか、兄貴のことなんだが」

八十吉が言う兄貴とは、お千香の実の兄で浅太郎のことである。

こうとなった経緯を、菊之助と八十吉は貸元伊佐吉の部屋で聞いた。

伊佐吉は怒りを鎮《しず》め、終始黙って話を聞いていた。


達吉の話である。

十日ほど前に、話が遡《さかのぼ》る。

川越の東の端で、旅人が無頼風情の二人組に襲われ、殺された上に五両の金を奪われる事件があった。下手人《げしゆにん》の一人は三次郎《さんじろう》という男で、もう一人は浅太郎に疑いがかかる。三次郎は、黒沼一家の身内ではないが、浅太郎とは子供のころからの仲間で今も親しく付き合っている。達吉を含めた三人は、仙波より少し北の松郷村《まつごうむら》で生まれ育った幼な馴染みであった。齢も同じほどで、餓鬼《がき》のころから悪童三人組はつるんで悪戯《いたずら》ばかりしていた。

お千香は浅太郎の実の妹で、達吉と三次郎とは子供のころからの知り合いであった。二十を過ぎたあたりで達吉は、こんな田舎はいやだと生まれ在所を飛び出し、江戸に向かった。それで、辿り着いたのが内藤新宿で、夜桜一家の身内となった。

そのときお千香は、達吉に恋焦がれていて、あとを追った。まだ、十五のころである。それがいつどこで、達吉から八十吉に気持ちが動いたか、娘心の内側は本人が語らぬうちは知りようがない。

お千香の兄で浅太郎は、黒沼一家の伊佐吉から盃《さかずき》をもらって子分となるが、もう一人の三次郎はどこの一家にも属さず、川越の町で一匹狼の無頼を気取っていた。

内藤新宿にいるお千香に、その報せが届いたのが七日ほど前のことである。

「――兄貴の浅太郎が、ここに来てねえか？」

黒沼一家の使いであった。

事件が語られ、旅人殺しの疑いで浅太郎を捜しているという。お千香はその相談を、八十吉ではなく達吉にした。

「なんで、俺に言ってくれなかった？」

八十吉が、顔面赤くしてお千香を詰《なじ》った。

「ごめんなさい。兄が残忍な人殺しだなんて、どうしても言えなかった」

離縁をされたらお腹にいる子はどうなるのかと、母親としての心配をした。

「それで、達吉兄さんを頼ったのです」

浅草に来たのはただ一つ、不義密通の駆け落ちの疑いを除いては、菊之助が想像したのとほとんど違いがなかった。

菊之助はお千香に訊きたいことがあった。

「銀次郎に対して、お千香さんの気持ちはどうなんで？　ずっとここにいたいなんて言ってたらしいけど」

「あたし、そんなこと言ってました？　それと、銀次郎さんは親切にしてくれたけど、気持ちはどうだと問われましても……」

これで儚《はかな》く、銀次郎の想いは散った。


事件の真相を知るために、川越に来たのである。だが、怒りが頂点に達していたのは、貸元の伊佐吉であった。酒焼けで皹《ひび》が割れ、赤くなった鼻の頭をさらに真っ赤にした伊佐吉の、そのときの達吉とのやり取りである。

「――三次郎は、そんな大それたことをする男じゃありやせんぜ」

「俺だって思いてえけど、だったらなんで逃げてやがる？」

「そいつはなんとも……ですが、こうも考えられやす。浅太郎は逃げているのでなく、本当の下手人を追いかけてるんじゃねえかと」

「なんだと？」

「でしたらお貸元、一丁賭けやせんか？　あっしだって博奕打ちの端《はし》くれだ。もし、五日以内に浅太郎が戻らなかったら、あっしの命をくれてやりますぜ」

「そんな賭けをしたって、おめえに勝ち目はねえぞ。人を殺して逃げた野郎が、のこのこ帰ってくるわけがねえ」

「親分さんは子分のことを信じられねえでしょうが、あっしは浅太郎と三次郎を信じやすぜ。もしあっしが負けて二人が戻らなかったとしたら……」

「容赦なく、俺はおめえを殺す。それが、博奕ってもんだ。やくざに二言《にごん》はねえぞ」

「ああ、喜んで殺されやすぜ」

賭けが成立し、やがてお千香がやってきた。しかし、浅太郎は戻ってこずに、菊之助と八十吉が現れたのであった。

「お身内さんをぶっ叩いたのは、申しわけありませんでした」

菊之助が、誤解の真相を語った。

「それにしても、よく達吉とお千香が川越《ここ》にいると分かったな。てえした洞察だぜ」

「お褒めに預かり恐縮ですが、達吉兄いの命はなんとかならないでしょうかね？」

菊之助の嘆願に、伊佐吉は頑《かたく》なに首を振る。

「いや、ならねえ。俺だって無下《むげ》に殺生はしたくねえが、こいつは男と男の勝負だ。一度口に出したからには、たとえお天道《てんと》様が西から昇ろうが曲げることはできねえってのが、俺たちやくざ者《もん》の決まりだ」

「ところで、もし浅太郎さんが帰ってきたら親分さんはどうなさるんです？　達吉さんは命を差し出すと言ってますが、親分さんは何を差し出すんで……そいつを聞いちゃいませんぜ」

「いや……」

菊之助が伊佐吉に投げる問いに、答えるのは達吉であった。

「いや、菊之助。そんなこたあ、どうだっていい。浅太郎が無実だってことが分かりゃあ、それでいいじゃねえか」

すると、伊佐吉が口にする。

「そういやあ、言ってなかったな。達吉の負けだけ聞いてたんじゃ、賭けにならねえ。

俺が負けたらか……俺の、赤っ鼻を差し出してもしょうがねえだろ。だったら、こうしようじゃねえか。俺が命より大事にしているもんだ」

「大事にしてるもんてのは……？」

菊之助の問いに、伊佐吉は小さくうなずく仕草をした。

「俺には今年二十歳《はたち》になった娘がいてな、こいつを浅太郎にくれてやろうじゃねえか」

「くれてやろうって、親分さん。犬や猫じゃあるまいし、そんな言い方……」

「ちょっと待て、お千香。話は最後まで聞きな」

お千香の口出しを制し、伊佐吉が語り出す。

「俺はうすうす気づいていた……浅太郎と娘が恋仲であるってのをな。だが、俺はそれを絶対に許さねえし、許せるはずがねえ。というのは、娘の嫁ぎ先はもう決まってるからだ。そういうことでこの縁談は、相手との約束が反故《ほご》になるが仕方ねえ。娘は浅太郎に、そして俺の首は、許婚に差し出すことにするぜ」

伊佐吉の覚悟に、誰も異論の口を挟む者はいない。

いずれにしても、どちらかが命を落とす大勝負となった。

このまま浅太郎が戻らなければ、達吉の負けとなる。達吉の命の期限が、刻一刻と迫っている。

昼八ツを報せる時の鐘が、幸町のほうから聞こえてきた。刻限の暮六ツには、あと二刻あまりとなった。

どんよりとした、重くて暗い場の雰囲気に菊之助は耐えられなくなった。

「ここにいたって仕方ねえな。八十吉、川越の町でもぶらぶらしてこないか？」

「さいですねえ」

達吉とお千香は、黒沼一家で浅太郎を待つという。

八

どうせ川越にはいないと、浅太郎を捜すつもりで外に出たわけではない。

気持ちを、紛らわそうとの思いである。

知らない土地で、どこに行くとのあてもなく歩いていると、やがて一際《ひときわ》賑やかな通りに出た。そこは川越城下の繁華街で、町並みが江戸の日本橋に似ているところから『小江戸』と呼ばれる場所であった。

「ちょっと腹が減ったな」

しょうゆ団子の焼ける香ばしい匂いが鼻をくすぐる。酒はいらないと、菊之助と八十吉は紺の暖簾を潜《くぐ》って団子屋に入った。

敷居を跨ぐと同時に、女と子供たちのはしゃぐ声が聞こえてきた。

女子供が好む店に、大の男が二人で入るのは気恥ずかしいものがある。だが、足を踏み入れた以上引き返すのは野暮《やぼ》というものだ。仕方なく窓際の床机《しょうぎ》に腰をかけた。

「女子供がうるせえな」

「まったくで」

「団子を食ったら、さっさと出よう」

店に入った後悔を口にしている最中に、娘が注文を取りに来た。しょうゆ団子と茶を頼むと、十七、八になる娘がにっこりと微笑《ほほえ》んで引き返していった。

「浅太郎さんは、戻ってくるでしょうかねえ？」

団子を待つ間の話題は、どうしてもそのほうに向かう。

「あと、一刻半ぐらいしかないんだ。もう、あきらめたほうがいいんじゃねえのか。それにしても、達吉兄いと親分はつまらねえ勝負をしたもんだぜ」

「そうですかい。あっしは、さすが男だと感心しやしたけど」

「どっちが勝とうが負けようが、つまらねえところで命を投げ出すことはねえと、俺は思うけどな」

そこに、「いらっしゃいませ」と娘の声が聞こえた。

「ここの団子はうめえぜ」

「そうかい」

客は二十歳前後の、場には似合わない無頼風の男二人である。客は女子供ばかりでないと、菊之助は安堵する。八十吉よりいく分年下に見え、この男たちも世の中を拗《す》ねた無頼に見える。

「うるせえ、静かにしろ！」

子供たちの声に苛立ち、さっそく男の一人が無頼風を吹かせた。

「なんだ、あいつら。子どもらに向けて、怒鳴ってやがら。黙ってられねえな」

「おい、待ちなよ」

八十吉が、一喝《いっかつ》しようと立ち上がるのを菊之助が止めた。奴らの話を聞いてろと、表情でもって八十吉に語る。八十吉は、浮かせた腰を床机に戻した。

菊之助が、男二人に訝《いぶか》しさを感じたのは、一人が懐から縞柄の財布を取り出したからだ。

「……ずいぶんと、持ってやがるな」

分厚く膨らんだ財布に、菊之助は違和を感じた。中身が小判だとすれば、相当なお大尽だ。遊び人の若造が持つには、ちょっと気色《けしき》が違う。

菊之助は黙って、若造たちの声を拾った。

「大宮の賭場ってのが、あんなやっこいとは思わなかったぜ」

「ああ。五両が五十両に化けちまうんだからな」

「おい、声がでけえよ。金を狙われちまうぜ」

口で制し、顔が周囲を見回している。店の中で対象となるのは、菊之助と八十吉である。菊之助は咄嗟《とっさ》に目を合わすのを避け、団子へと顔を向けた。「この団子、うまいな」と、団子を頬張り男たちから意識を遠ざけた。

「たしか、五両って言ってたな？」

「ええ。十日前に強奪された金と一致しますね」

誰にも届かないほどの、菊之助と八十吉の小声である。

「もうちょっと話を聞きたいな」

額《がく》が一致しただけでは、証《あかし》とするに乏しい。

「久しぶりに川越に戻ってきたけど、何ごともねえみてえだな」

「そりゃそうだろ。役人は今ごろ三次郎を……」

菊之助の耳は、地獄耳といわれるほどよく聞こえるようにできている。

「奴らが子供たちを叱ってくれたおかげで、話が拾えたぜ」

「ええ。この団子屋に入ってよかったですね」

それからの、菊之助と八十吉は、団子の話題で終始する。無頼二人が店を出るまで、おかげで互いに十串の団子を食する羽目となった。


夕七ツを報せる鐘の音が、路地を曲がったすぐ近くから聞こえてきた。

菊之助と八十吉は、十間《けん》ほどの間を取って男たちのあとを尾《つ》けた。

どこで話を聞こうかと、追いながら適当な場所を探す。すると、左側に鳥居が立っている。神社の入り口にある石柱の社号碑には『川越　熊野《くまの》神社』と記されている。

境内の敷地は広く、夕方ともなると人の数は少ない。

「そこの人、ちょっと待ってくれねえか」

ここが手ごろと、菊之助は背後から男たちに声をかけた。団子屋にいた男と気づいたか、振り向くと同時に二人が駆け出した。それを止めたのは、先回りした八十吉であった。

逃げようと、抗《あらが》いを見せる男たちを、八十吉は長脇差を鞘ごと抜くと、その鞘尻でもって腹を突いた。ドスドスと、二度の音で二人が地べたに頽《くずお》れる。

「静かなところで、話を聞かせてくれ」

鳥居を潜《くぐ》り、社務所とは離れた境内の奥へと二人を連れ込む。

菊之助が、往復ビンタを二回ほどくれると、あえなく一人が白状しだした。

八十吉は、社務所に行って事情を話し、荒縄を手にして戻ってきた。木立に二人を結わえつけると菊之助は見張り、八十吉は黒沼一家へと走った。

黒沼一家は、そこから二町と近い。十人ほどの若衆を連れて、八十吉が戻ってきた。

無頼二人は、黒沼一家の手で頑丈に縄を打たれた。


二人を引きずるように連れ、一家に戻ると土間には三十人ほどの子分衆が待ち受けている。みな一様に、鋭く目を吊り上げて菊之助たちを迎え入れた。

一段高い板間には、親分伊佐吉と代貸の時蔵《ときぞう》を挟んで達吉とお千香が立っている。

「そいつらか、旅人を殺して五両も奪い取ったってのは？」

「へえ。白状しやしたから、間違いありやせん」

伊佐吉の問いに、八十吉が答えた。

「達吉、どうやら俺の負けのようだな」

「そんなことより親分、こいつらから詳しいことを……」

二人の名は、留三《とめぞう》と与助《よすけ》といった。二人とも、若いのに仕事もせずに、毎日ぶらぶらと遊びまわる無頼たちであった。しょうがない奴らとは、同じ類《たぐい》の集まりである渡世人一家では威張れたものではない。

主に話をするのは留三である。与助は意気地《いくじ》がないか、ずっと下を向いたままである。

さらに詳しく、真相を引き出す。

留三と与助は、三次郎に恨みを抱いていた。普段から馬鹿にされ小突かれた上にこき使われ、手酷くされている鬱憤《うっぷん》が、ある日のこと爆発した。人を殺し、その罪を三次郎になすりつけようと策を練った。ついでにと、三次郎の友人である、まったく関わりのない浅太郎を巻き込んだ。

川越藩奉行所の役人に、三次郎と仲間の一人が下手人だと訴え出たのはこの二人であった。

犯行の一部始終を見ていたと、嘘の証言をした。

三次郎はそれを事前に察知し、浅太郎と逃げた。身の潔白を訴え出なかったのは、自分らも無頼で名を馳せている。

「名乗り出たって、とうてい信じてくれそうもねえからな」

渡世人たちの締め付けが厳しくなった昨今、どんな小さなことでも凶状持ちにされてしまう。ましてや人殺しとあっては、よほどの証がない限り身の潔白は明かせない。

「そんなんで浅太郎と三次郎は、今ごろどこかでこいつらを捜してるんだろうよ」

伊佐吉の言うことに間違いないだろうと、菊之助も同意し小さくうなずきを見せた。

三次郎と浅太郎の疑いはこれで晴れた。だが、行方は知れないままだ。

「今ごろどこにいるってんだ？　逃げ回ってるんじゃ、捜しようがねえな」

「親分。とにかくこいつらを役人に渡して、二人の凶状を解きやせんと」

伊佐吉に話しかけたのは、脇に立つ代貸の時蔵であった。

「そうだったな。凶状の触れが関八州《かんはっしゅう》に回ってる。早いところ、そいつを剝がさねえとな。代貸……」

「へい」

「奉行所同心の吉村《よしむら》様のところに行って、旅人殺しの下手人を捕まえたと言ってきてくれ」

「がってんだ」

時蔵は土間に飛び降りると、一目散に奉行所へと向かった。

川越城下の治安を護る奉行所は川越城の西側、大手町の一角にあった。唐破風《からはふ》屋根のついた門の手前まで時蔵が来ると、何やら奉行所内が騒がしい。

「何かあったので……？」

門番に問うと、旅人殺しの下手人が捕まり騒然としているところだという。

「なんですって？　そいつは下手人じゃありやせんぜ」

「何を申しておる。やくざ者が二人……」

「真の下手人なら、今、黒沼一家が捕らえてやすぜ。ええ、白状もさせやしたから間違げえございやせん」

「それは、まことか？」

「嘘を吐きに、わざわざこんなところに来ませんぜ。なので、吉村様にお取り次ぎを」

分かったと口にし、門番が中へと入っていく。するとすぐに、羽織をまとった役人が出てきた。その風情身形《みなり》は、江戸の定町廻り同心と変わりがない。時蔵も、よく知る顔であった。

「旅人殺しの下手人を捕まえただと？」

「へい。それで、吉村様にご足労をお願いしたく……」

「浅太郎と三次郎ではなかったのか」

やはり、捕まっていたのは浅太郎と三次郎であった。二人が一緒であったことに、時蔵はほっと安堵する思いであった。

「あいつらは、無実ですぜ。ですから、すぐにお解き放ちを」

「いや、ならん。黒沼のところにいるのが、真の下手人との証が立ってからだ。それまでは……」

「でしたら早く来ておくんなさい」

「分かった、すぐに行く」

それから四半刻ほどして、川越藩の捕り方役人が十人ほどでやってくると、留三と与助を引っ立てていった。そして、さらに四半刻ほどして浅太郎と三次郎が無事に戻ってきた。

「馬鹿やろう、今までどこをほっつき歩いてやがった。心配かけやがって」

伊佐吉が、くぐもる声で面罵《めんば》する。

「へい、留三と与助の野郎をとっ捕まえようと、川越に戻ってきたところでこっちが捕まっちまいやした」

浅太郎の話だと、三次郎から話を聞いてすぐに川越を抜け出した。旅人殺しの疑いをかけられたことを知り、それが留三と与助の仕業と分かるとすぐに追った。大体の居所は分かっている。留三は、大宮の出である。

案の定、二人は大宮にいた。

大宮宿の賭場でしこたま儲け、何食わぬ顔で川越に戻ってきたのは、菊之助も八十吉も知るところだ。

熊野神社の境内で、菊之助たちの様子を見ていたという。

「すぐに出ていかなかったのは、成り行きを見てからと……そしたら、時蔵兄貴たちが。それで、ほっと安心しちまった。どっと疲れが出て、一休みしてから一家に戻ろうとしたところで役人に捕まっちまった」

「ご一家の方々には、ご迷惑をかけやした。この通り……」

三次郎が、深々と頭を下げた。


夕暮れも迫り、秩父《ちちぶ》の山塊が茜色《あかねいろ》に染まっている。これから江戸に帰ろうにも、川越からの夜船はすでに出ている。菊之助たちは今宵一晩、黒沼一家の一宿一飯の恩義を受けることにした。

夕餉は、祝宴の体《てい》を奏した。

「達吉と妹のお千香がいたのには驚きやしたぜ」

江戸から四人が来た事情が、酒を酌み交わしながら語られた。

「達吉さんとあたし、駆け落ちと間違えられたのよ。こんなにいい亭主がいるというのに」

並んで座る八十吉の腕に、お千香の腕が絡みついた。

「浅太郎にとって、一ついいことがあるぜ」

達吉が、酌をしながら浅太郎に話しかけた。

「なんでえ、いいことってのは？」

「親分から、話を聞いてみな」

達吉が、伊佐吉に話を振った。口をへの字に曲げて、苦々《にがにが》しい顔である。それでも賭けに負けたからには、潔《いさぎよ》くしなくてはならない。「しょうがねえな」と、舌打ちしながら浅太郎に赤鼻の先を向けた。

「浅太郎に娘をくれてやっから、もってけ」

「親分、そんな犬猫をくれるような……」

「うるせえ、時蔵。てめえに、俺の気持ちが分かってたまるか」

ぐっと一息で酒を呷る伊佐吉の、鬼といわれた目に光るものが宿った。

「しかし、お峰《みね》ちゃんは小暮《こぐれ》一家の若親分と……」

結納《ゆいのう》を交わしてたと、浅太郎が怪訝そうな顔を見せた。

「そんなのはどうだっていいや。結納を反故《ほご》にしたと怒ったなら、俺の命をくれてやる。だから、おめえはお峰のことを大事にしろ」

「親分……」

それ以上言葉が、浅太郎の口から出てこない。ぐっと一気に酒を呑む、喉音が菊之助の耳に入った。

菊之助と達吉は、明日夕方発の夜船に乗ることにする。

八十吉とお千香は、その三日後の飛切り便を待つこととなった。

「二人きり、いやお腹の子と三人で、川越の町を楽しめばいいやな」

達吉兄いの心遣いに、菊之助は小さくうなずきを見せた。

第四話　祝言前の一波乱

一

婚礼まであと三日と迫る、そんな矢先の出来事であった。

「うわぁー、えらいこっちゃで！　菊之助はん、起きてくんなはれ」

高太郎の上方《かみがた》弁と、激しく障子戸が叩かれる音で起こされたのは、今朝方、川越夜船で江戸に戻った菊之助である。

「うるせーな、朝っぱらから」

今が朝だと思い込んでいるのは、世の中で菊之助だけである。夜船で寝つかれず、長屋に戻って横になるとすぐにそのまま熟睡した。高太郎に起こされたときは、すでに夕七ツの鐘が鳴りはじめるころとなっていた。

眠い目をこすり、障子戸の心張り棒を外すと、高太郎が転がるようにして入ってきた。

「そんなに慌《あわ》てくさって、何があったってんだい？」

「おっ、お亀がぶっぶっぶっ……」

舌がもつれ、その先高太郎の言葉が出てこない。業《ごう》を煮やした菊之助が、口出しをする。

「なんだいぶっぷっぷっぷ、口から屁《へ》をこいてんじゃねえぞ」

「屁じゃありまへんがな」

「余計なことはいいから、早く何があったか聞かせてくれ。こっちは川越から帰ったばかりで、眠てえんだ」

菊之助が、六畳の真ん中に敷いてある蒲団に再び寝転ぼうとすると、

「寝んのは待っておくれやす」

高太郎が、怒鳴り口調で眠りを阻止した。

「寝やしないよ。こうでもしないと、大家《おおや》さんの舌が回らないと思ってな。いいから、落ち着いて話しなよ」

「おっ、お亀が奉行所に連れてかれ……」

「連れてかれたって、なんでだ？」

高太郎の話を途中で制して、菊之助が慌てる番となった。

「分かりまへんがな……何が、なんだか」

「連れてかれたってのは縄を打たれてか、そうじゃなくてかだ？」

「へえ。今しがた捕り方の役人が四、五人来て、縄で縛られて……そりゃもう、えらいこっちゃで……どないしまひょ、なあ菊之助はん？」

高太郎の声は、涙混じりである。

お亀が奉行所に連れていかれたとなると、理由は一つしかない。

元は深川の町にたむろした、巾着切《きんちゃっきり》一味にお亀は加担していた。他人《ひと》の懐《ふところ》を狙い、掏《す》り盗るのを生業《なりわい》とする輩《やから》である。だが、お亀の働きによりその一味は全員捕らえられ、すでに壊滅している。それを機に、お亀は完全に掏りからは足を洗っていた。

お亀が捕らえられるとしたら、それが理由として考えられる。

だが――。

「……何かおかしい」

眠気で呆《ぼう》けた頭でも、そのくらいは感じ取れる。菊之助が変だと感じたのは、お亀一人を捕らえるのに、なぜ四、五人もの捕り方が来たかだ。

「……まだある」

お亀を捕らえたのが、南か北か分からないが町奉行所だという。

「……まだ二十歳にも満たない娘を、いきなり奉行所に連れていくか？　しかも、掏りからは足を洗ったってのに」

ぶつぶつと呟《つぶや》いているうちに、菊之助の頭はだんだんとはっきりしてきた。

「本来なら、近くの番屋に置かれるか、大番屋でもって調べを受けるはずだが……」

人を殺めるほどの、よほどの極悪人でない限りいきなり奉行所はないだろう、というのが菊之助の考えであり、世間一般の考えである。

「お亀は人でも殺したんか？」

「そんなこと、あるはずおまへんがな」

高太郎の変な上方弁を聞いていると、眠たい頭がくらくらするが、菊之助はそれどころではないと、お亀のことに神経を集中させた。

「しかし、罪状を語らずいきなりとは……」

ありえない。

「祝言《しゅうげん》まで、あと三日だったよな」

「そうでんがな。もう、祝言どころやおまへん」

天井を向いて考えていた菊之助が、目を戻すと高太郎がいない。下を向くと、高太郎が三和土《たたき》にしゃがみ込み頭を抱えている。

「これは何かの間違いだ。そんなに……」

高太郎を励まそうと思ったが、菊之助の言葉は途中で止まった。今は何を言っても、高太郎は聞《き》く耳を持ちそうにない。ここはすぐに行動を起こすべきだと、菊之助は言葉より先に着替えることにした。

二の腕に彫られた緋牡丹《ひぼたん》の刺青《いれずみ》を、桜小紋の袷《あわせ》で隠し、緑と黒の市松模様の帯を吉《き》弥《や》結びで留めて支度は整った。

「大家さん、行くぜ」

「どこへです？」

「お亀を連れ返しに行くんだ。当たり前だろ」

「さいでんな。こんなところでうろたえてる暇はありゃしまへん」

菊之助は三和土に下り、高太郎は立ち上がる。とりあえず、本家の頓堀屋に行こうということになった。

お亀捕縛の騒ぎは、けったい長屋にも届いている。

外に出ると、長屋の連中が集まっている。みな一様にお亀を心配し、眉根を顰《ひそ》めている。

「大家さん、がんばんなよ」

「祝言までには、必ずお亀ちゃんを連れ戻すんだよ」

「おおきに」

住人たちの励ます声に、高太郎は大きく頭を下げた。

三日後の祝言には、長屋の住民はみな呼ばれている。

「どうするんだい、祝言?」

そこへ、行商から戻ってきた担ぎ呉服屋の定五郎が、高太郎に向けて訊いた。背中には、品物が入ったいつもとは違う、一際大きな行李《こうり》を負っている。

「心配しなくたって、お亀ちゃんは戻ってくるさ……多分。それよっか、その重そうな荷物おろしてきたら」

定五郎の問いに、女房のおときが応じた。

「そうなりゃいいけど、この行李の中にゃ頼まれた婚礼用の着物が入ってるからな」

仕入れたものが無駄になると、定五郎はそのほうを案じた。

「もし無駄になるようでしたら、うちでみんな買い取りまんがな。心配せんといてや、定五郎はん」

「そうしてくれたら、ありがてえ。礼といっちゃなんだが、着物が無駄にならねえよう、およばずながら俺も一肌脱《ひとはだぬ》ぐぜ」

「おおきに定五郎はん」

「そんなんで、とりあえず大家さんとおれで詳しいことを調べてきますわ」

菊之助が言ったそこに、

「俺も力になろうかい」

針治療から戻った、灸屋《やいとや》の兆安から声がかかった。

巷《ちまた》ではすでに噂が広がっているか、誰が語るまでもなく兆安は事の次第を知っていた。

「そんなんで、急いで戻ってきた」

「そいつはすまなかったですね、兆安さん。ですが、今みんなして動いてもどうにもなりません。なんてったって、相手は町奉行所だし。ただ、これは何かの大間違いでしょうから、まずはどんな具合になってるか確かめてきます」

菊之助に任せようと、長屋の住民の意見は一致した。

「だけどねえ……」

不安げな声が、金龍斎貞門の口から聞こえた。

普段は江戸中の寄席を廻り、演目を披露する講釈師である。最近になり、世の中の動乱から話の種は尽きず、講釈師の仕事は忙しい。この日はたまたま出番が昼八ツまでで、今しがた長屋へと戻っていた。

「何がだけどねえなんです、貞門先生?」

おときから貞門に、問いがかかった。

「世間の噂だよ。兆安も他所《よそ》で聞いて、駆け戻ったんだろ。いい噂ならいいが、人殺しが出たって話じゃこれはちょっとやそっとじゃおさまらん。あたしゃなにもしてないよと抗《あらが》うお亀に聞く耳もたぬ　白洲《しらす》に埋まるお亀の頭上に北町奉行片肌晒し　桜吹雪をこれ見よと　裁きの舞台の階段をトントントンと二段三段……」

「そこまでにしときなよ、貞門先生」

だんだんと講釈口調になってきた貞門を、兆安が止めた。

「それって、遠山《とおやま》の金《きん》さんの講釈じゃないのかい?　だいいち、お亀ちゃんは殺しなんかしてないわね。作り話はいけないよ、貞門先生」

「それに北町奉行じゃなくて、お亀ちゃんが連れられていったのは、南町奉行所だって聞いてきたぜ」

おときと兆安につっ込まれ、貞門の体がうしろに下がった。

「……南町奉行所？」

菊之助が、小首を傾《かし》げて呟いた。

「俺たちがついてるから、あんまり気を落とすんじゃねえぞ、大家さん」

そうだそうだと、兆安の言葉に周りも励ましの言葉を送る。

「おおきに……」

高太郎は大きく腰を折り、住民の気遣いに礼を言った。


長屋の路地から蔵前通りに出て、それをつっ切った正面が頓堀屋の店先である。町名では、駒形町《こまがたちょう》の外《はず》れに当たる。

店の奥は住まいの母屋であり、そのすぐ裏は材木置き場や材木を加工する作業場があり、大川に接している。

いつもは暮《く》れ六ツごろまで、木を削る鑿《のみ》の音や鋸《のこぎり》を引く音が絶えずしている。だが、今は作業の音が止《や》んでいる。

「なんだか作業場が静かだな」

蔵前通りを渡ると、いつも聞こえてくる音がしない。

ない。

「そりゃ、仕事に身が入りまへんで」

高太郎も、職人たちの気持ちは分かっている。なので、あえて仕事場に口出しをしない。

「そりゃそうだろうけど、そんな気弱じゃしょうがねえな。仕事は仕事だよ。こんなことで手がつかねえなんて言ったら笑われるぞ」

「こんなことって……」

「ああ、こんなことだ。まずは、お亀を信じてるんなら、何があっても動じないはずだ。おれだって最初は驚いて眠気も吹っ飛んだけど、よくよく考えたら、こいつは何かの間違いだって気づいた」

「さいでんな。こんなことで、店がくすんでいたら世間から余計に何を言われるか知れへん。ここは正々堂々としとかな、あきまへんな」

「ああ、あきまへんでっせ」

菊之助が上方弁で答えると、初めて高太郎が笑顔を見せた。

「さあ、主《あるじ》なら職人さんたちに発破《はっぱ》をかけてきな」

「へえ、そうします」

高太郎の戻りを、菊之助は蔵前通りに出て待った。

日光《にっこう》、陸奥《むつ》、常陸《ひたち》に通じる街道でもあるが、この近辺は浅草に用事があって行き交う人が多い。みな、頓堀屋の騒ぎを知っているのか、ひそひそ話を交わしながら店のほうをちら見して歩いている。

「……この材木屋の女よ」

「なんだか、大捕り物だったらしいわね」

そんな、二人連れの会話が聞こえてくる。中には「こんな店から材木を買うんじゃねえ」なんて、悪態まで吐く者がいた。

菊之助は道の端《はし》につっ立ち、そんな声に耳を傾けた。

「……何も分かっちゃいねえくせに」

と呟いたところで、高太郎が戻ってきた。

「店を空けてだいじょうぶかい？　もっとも、大家さんはいてもいなくても同じだからな」

「そりゃ辛辣なお言葉でんな。今、職人たちに発破をかけてきましたわ」

「どうだった？」

「音が聞こえまっせ」

耳を澄ますと、鑿《のみ》で木を削る音が聞こえてきた。

「早くしねえと間に合わねえぞ！」

と、作業場を仕切る親方の怒鳴り声に活気が戻っている。

二

まずは、岡引きの伝蔵を捜し出し事情を聞き出そうと、材木町《ざいもくちょう》の番屋に向かった。

「伝蔵親分なら、きょうは来てねえぜ」

高太郎の知り合いでもある番人だが、答える口調がつれない。六十歳にも届く爺《じい》さんだが、いつもならもっと愛想のよい言い方をする。

「どこに行ってるか知らないですか？」

自分より年上の人には、菊之助の口も丁寧《ていねい》になる。菊之助も番人をよく知る男である。

「知らねえな」

そっぽを向いての返事であった。

「なあ久米吉《くめきち》さん、そんなに邪険《じゃけん》にしねえで教えてくれねえかな」

番人の名は、久米吉といった。

「知らねえもんは、知らねえよ」

いつもとは違う態度に、菊之助の感情は爆発しそうになったが、そこはぐっと堪《こら》えた。

「なあ、久米吉のとっつぁん……」

さらに口調を柔らかにするよう努《つと》める。

「とっつぁんは、本当にお亀ちゃんが何かやったとでも思ってるんですかい？」

「やらなきゃ、奉行所なんかにしょっ引かれちゃいかねえだろうに」

「ほなら、何をやったんや？」

高太郎が、語気を荒くして訊いた。

「何をって、そっちは知らねえのか？」

番人の久米吉は、お亀がどのような理由で捕らえられたかまでは知らない。

「知らんから、訊いてんやろ！」

いつもは柔和な高太郎の顔が真っ赤になっている。高太郎の口から出た飛沫《しぶき》が顔面に降り注ぎ、久米吉はしかめっ面となった。

「本当に、知らねえのか？」

「ええ、まったく。何がなんだか分からないうちに、捕らえられたってことで。なので、伝蔵親分に訊いてみようかと」

菊之助の口調は、あくまでも冷静である。

「それに、ここのところここの界隈では、殺しとか起きてないでしょうに。事件がないのに、なんで御番所にとっ捕まえられなきゃいけねえんで」

「そう言われりゃそうだな」

番人の久米吉も、考え込んだ。

「たとえ下手人《げしゆにん》であったとしても、本来ならば、一度は番屋《ここ》に留め置かれ、そして大番屋で吟味され、大抵はそこから伝馬町の牢屋敷か、御番所に送られんのが普通の流れでしょうに。それが、いきなり南町奉行所ってのは……そうだ、北町奉行所の町方五十嵐様はどこにいるんで？」

語るうちに菊之助は、顎の長い馬面が脳裏をよぎった。この月は南町が当番で、北町奉行所の門は閉まっている。だが、それは訴訟や裁きなどが月ごとの当番制となっての役所のことで、定町廻り同心はいつもどおり、二日出の一日非番の勤務体制である。

「いや。きょうは非番だってことで、浅草にはいねえはずだ」

久米吉の話だと、定町廻り同心の五十嵐は、非番のときはよほどのことがない限り、浅草には顔を出さないという。

「……よほどのことがないとってか？」

首を傾げて菊之助が呟く。

「何かあったんでっか？」

菊之助の表情の変化に、高太郎が問うた。

「いやな、同心の五十嵐様は非番だというが、よほどのことがあれば出てくるってことだよな」

「まあ、そう受け取れまんなあ」

「だったら、お亀ちゃんが奉行所に連れてかれたってのは、よっぽどのことだろうに。だったらなんで、浅草に来てねえんだ？」

「そりゃ、こちらではよほどのことでも、あちらにしてはよほどではないんでっしゃろ」

「でっしゃろって、他人事《ひとごと》みてえな言い方だな」

「いや、そんなつもりじゃ……菊之助はんは、何が言いたいんでっか？」

「娘が番屋でもなく大番屋でもなく伝馬町の牢屋敷でもなく、いきなり南町奉行所だぞ。これがよっぽどのことでなくて、何がよっぽどなんだ？」

「なるほど、よほどのことでんな」

「よっぽどのことでも、非番じゃしょうがねえか。ところで、南町奉行所ってどこにあるか、知ってるんか？」

「たしか、数寄屋橋御門《すきやばしごもん》の近くだと……」

「数寄屋橋御門て、どこでっか？」

久米吉と高太郎は、数寄屋橋御門の場所までは知らない。

「数寄屋橋御門てのはな、こっからはかなり遠い。そんなところまで、お亀は連れてかれたんだぞ」

「遠いってのは、分かってまんがな」

「だったら、そこまで行って確かめてこんといかんだろうに」

「これからでっか？」

「今やらなくて、いつやるってんだ？　あんたのかみさんになる娘だぞ。お奉行様の首を取ったって、連れて帰らんとな」

「よう言うてくれはりました。さすが、菊之助はんですわ」

今ごろ南町奉行所の留置場に収監されている、そんなお亀の心情を思うと切なくて、高太郎の目から一滴の涙がこぼれ落ちた。

しかし、夕七ツを報せる鐘が鳴ってから久しい。日は西に大きく傾き、空を茜色《あかねいろ》に染めている。

「今から行ったら、真っ暗になっちまうな。南町の御番所の門は閉まってるだろうし」

塒《ねぐら》に帰るか、烏《からす》が二羽連なって飛んでいる。

「烏みてえに、飛んでいければなあ」

菊之助が空を見上げ、羨ましげに言った。

「お亀には、一晩我慢してもらわなくてはなりまへんな。かわいそうやけど、仕方あらへん。すぐに行けなくて、堪忍《かんにん》してや、お亀」

南町奉行がある、おおよその方角に向けて、高太郎が頭を下げた。

それでも、手を拱《こまね》いているわけにはいかない。まだ明るいうちは、動けるだけ動こうと駒形町の番屋を出た。

頓堀屋に捕り方が入ったとき、その中に伝蔵はいなかった。

伝蔵がお亀捕縛の経緯と事情を知っているかどうかは分からない。それでも、ここで頼れるのはやはり伝蔵親分だと、今はその行方を捜すことが先決と取った。

浅草広小路に出ると、「いい考えがある」と言って、菊之助の足がふと止まった。

この先の伝法院の門前に、占い師の元斎がいる。

「元斎先生のところに行って、卦《け》を見てもらおう」

「そいつはいい考えでんな」

高太郎が返すと同時に、速足となった。

近づくと、元斎に客がついている。傍《そば》まで行くと、客の運勢を聞いてしまう。そこは遠慮して、少し離れたところで待った。

菊之助と大家がいるのに気づいたか、元斎は小さくうなずくと、客に目線を移した。

「あなたの運勢はいいほうに向かっている。だから、これからも精進して仕事に励めば、きっといい女人に巡り会える。まあ、そんな卦が出てますな」

元斎は、急いで卦見を畳んだ。

占い師の落としどころは、どちらに転んでもよいように話すことだ。精進して励めば運気は上昇するし、そうでなければ下降する。当たり前のことだが、それを運勢として語られるとありがた味が増してくる。

「ありがとうございます。これから一所懸命、身を粉《こ》にして働きます」

それで客は、満足して帰る。

「お次の方……」

　客が離れたと同時に、元斎は声を投げた。

「すみませんね、忙しいところ」

「いやかまわんが、二人そろってどうした？　顔に険が見えるぞ」

　客とは見てないので、元斎も砕けたもの言いである。

「実は元斎先生……」

「お亀が……」

「御番所の……」

「お役人に……」

「焦るのは分かるが、語るのは、どちらか一人にしてくれんか。できれば、菊之助の言葉で聞きたいな」

　高太郎の上方弁では聴きづらいと、元斎は菊之助に説明を求めた。

「つい先ほど……」

　菊之助が流暢な江戸弁で、事のあらましを語った。

「お亀ちゃんが……三日後には、大家と祝言を挙げるのにってか。そいつは困ったことになったな。わしのかみさんなど、晴れ着ができてきたって喜んでおったが」

「そんな問題では、おまへんでしょ」

高太郎が、涙声で縋《すが》る。

「そんなんで、これからどこに向かえばいいのか、それを卦でもって見てもらいたいと、元斎先生のところに来ました次第で」

「そうか。何も分からずただ闇雲に歩いていてもしょうがないからの」

「闇雲にではなく、伝蔵親分を捜し出せば何か知れるんではないかと……」

「なるほど。伝蔵親分から聞くというのも手だな」

「そうでんがな。早く捜してくれまへんか」

「まあ、そんなに焦るな大家さん。焦ると事をしくじるっていうからの」

言いながら元斎は五十本の筮竹《ぜいちく》を手繰《たぐ》りはじめた。「えいっ！」と気合をかけて卦を見る。

「卦が出たぞ」

さほどときをかけずに、卦が表われた。

「ここから一番近い番屋に行けば、何かしら分かる……かもしれん」

そこに伝蔵がいるとは断定しない。言葉尻に、当たらぬも八卦の断りを込める。

「見料は、いかほどで……？」

「いや、とんでもない。お亀ちゃんのために少しでも役に立てれば、こんなありがたいことはない。これで祝言がおじゃんにでもなったら、それこそ晴着を用意したのが丸損になるからな」

「おおきに、元斎先生」

お亀か晴着か、どちらが大事なのかと思うも、ここは感謝の念と高太郎は大きく頭を下げた。

三

元斎の卦見のとおり、一番近い東仲町《ひがしなかちょう》の番屋でようやく伝蔵を捉《つか》まえることができた。

「捜しましたぜ……」

菊之助が、伝蔵の顔を見るなり言った。

「お亀のことかい？」

「へえ、そうでんがな」

高太郎の口調に、縋る思いが表われている。

「お亀が南町に捕らえられていったのは知ってるが、理由《わけ》についちゃ俺はまったく知らねえ。なんで御奉行所が直《じか》にお亀をとっ捕まえなきゃいけねえのかと、俺も考えていたところだ」

「するってえと……」

「ああ。すまねえが、今の俺に何を聞かれても答えようがねえ」

「この界隈《あたり》で、人が殺される事件でもあったんですかね？」

「いや、この二月《ふたつき》ほどは、そんな事件は起きてねえ。ほれ、去年の終わりころ、田原《たわら》町《まち》の米屋が襲われた悲惨な事件があったろ。それが、このあたりで起きた最後の大事件だ。それですら下手人たちは、いっときは大番屋に留め置きだぜ。そういえば、あのときは世話になったな」

伝蔵から、思わぬ礼が聞けた。以前、けったい長屋住民の結束で、米屋を襲撃した一味を捕まえた。その手柄を、伝蔵親分に譲ったことへの礼であった。

「それよりも、若旦那さんのほうでも理由が分からねえんで？」

袖の下をもらっている手前、岡引きの親分伝蔵も高太郎に対しては口調も穏やかである。

「そやさかい、親分はんに聞こうかと……」

「生憎《あいにく》だが……」

心覚えがまったくないと、同じ言葉を繰り返す。

「それにしても、おかしいよな」

伝蔵も、首を捻《ひね》って考えている。

「……御奉行所が、いきなり何もしてない娘を捕らえていくだなんて、到底考えられねえこった」

ぶつぶつと呟く声が、菊之助の耳に入った。

「若旦那……」

「へい、なんでっしゃろ？」

「胸に手を当てて、落ち着いて考えてみてくださいな。大事な嫁さんが連れてかれ、気が動転してたんじゃ、何かあったとしても思い出すことはできねえ」

「そうでんな」

伝蔵の言うとおりだと、高太郎は胸に手を当てて考えはじめた。

小首を右に左に傾けながら、高太郎は考える。その様子を、菊之助と伝蔵は思考を邪魔しないようにと、黙って見やっていた。

やがて傾いていた高太郎の首が、真っ直ぐに立った。だが、いつもどおりの凡庸《ぼんよう》とした面相である。

「いいえ、まったく心当たりはありまへんな。むしろ、いつもどおり朝から元気なもんでしたで」

「だったら、捕らえられていったときの状況を詳しく話しちゃくれやせんかね」

「そういえば、おれも眠気と気が焦ってたせいで、そのへんのことはよく聞いてないな」

肝心なことを聞いてなかったと、菊之助は自分の失態を悔いた。

「夕七ツの鐘が鳴る、四半刻ほど前のことでしたがな」

上に顔を向け、高太郎が思い出しながら語る。


捕り方四人を引き連れ、草葉影之助《くさばかげのすけ》と名乗る南町奉行所与力が訪れたのは、職人たちが一服つける一休みが済み、作業へと戻ったすぐあとであった。

それまで、職人たちに茶などの給仕に忙しかったお亀は、ほっとする暇もなく夕餉《ゆうげ》の支度に取り掛かろうとしていた。

「お亀はな、わてに夕ご飯は何が食べたいかなんて、訊いてたくらいでっせ」

「ふーむ……それで？」

団子のような鼻から息を漏らし、伝蔵が話を促す。

「わてが、温かいうどんを煮込んだらありがたいでんなって答えたら、ほならお亀がな、『高太郎さんが大好きな、竹輪《ちくわ》をたくさん入れて上げる』なんて言いますんや。だからわてても『お亀が大好きな鳴戸《なると》もたくさん入れなはれ』って言いましたんや。するとお亀が、鳴門をたくさん入れると目が回るなんて……」

「おいおい、のろけはそのへんにして、話を先に進めてくれないかね」

菊之助が注文を出した。

「へい、すんまへん。そんでな……」

お亀が、夕餉の支度の買い出しに出ようとした、そんな矢先であった。

何やら店先が騒がしい。何かあったと高太郎が店に向かおうとしていたところに、

「お亀という者はおるか？」と大声を出しながら、役人たちが廊下を伝ってやってきた。みな、草履《ぞうり》を履いての土足である。指揮を執るのは、陣笠に陣羽織を纏った与力直々《じきじき》である。

「えろう、仰々《ぎょうぎょう》しい形《なり》でしてな……」

頭に鉢巻をし、着流しを尻ぱっしょりして六尺の寄棒《よりぼう》を持った、四人の捕り方役人を従えている。

「……そんな捕り物があるなんて、こっちには聞こえてこなかったな」

伝蔵の、独り言である。

「そのとき、役人はなんて言ってた？」

「それが……わても気が動転してましてな、役人が何か言ってたんやけど……」

聞き漏らしたと、高太郎はがっくりと肩を落とした。

「なんでえ、そこが肝心だったてえのに」

気落ちしたかというと、菊之助はそうでもない。

「そりゃしょうがないよな。誰だってその場にいたら、他人《ひと》の話なんて耳に入らないもんだ。とくに、大家さんは愛《いと》しい嫁さんを連れてかれちまったんだから無理もねえ」

慰める菊之助の口調に、高太郎は落ち着きを取り戻したか、蒼白だった顔面に血の気が戻った。

「ですが、そのお役人の名だけは、はっきりと覚えてますんや。草葉影之助って名乗ってましたわ。けったいな名なんで、すぐに頭に入りましたんや」

すると、伝蔵が口にする。

「知らねえな、そんな与力の名」

定町廻り同心の下につく岡引きならば、それが北町であろうと南町であろうと、ある程度与力の名くらいは知っている。奉行所内にいる内勤ならともかく、非常取締掛役という市中の治安を警固する与力や、吟味役の与力ならば、岡引きが知らないほうがもぐりである。

「動転してやしたでしょうけど、ほかにまだ気づいたことはないですかい？」

伝蔵の問いに、再び小首を傾げて高太郎は考えはじめた。

「そやなあ……」

考えるときの癖か、高太郎の顔はあちこちに向く。

「そや、もう一つありました」

「なんだい？」

菊之助が、体を前に乗り出して訊いた。

「お亀がな、四人の捕り方に囲まれ連れていかれるとき、一言聞こえたんや」

「なんて……？」

「心配せんといて……ってな」

「それだけかい？」

「へえ、それだけですわ。それも、にっこりと笑いながら……」

た。

「笑いながらだって?」
逃げもしないし、抗《あらが》いもしない。しかも、にっこりと笑いおとなしくお縄に捕られた。

大抵の娘なら、役人を見ただけでも震え上がり、ましてや自分を捕らえにやってきたのならば、なおさら尋常でなくうろたえるだろう。それが何も動じず、にっこり笑っていたという。

「並大抵な娘じゃねえぜ」
度胸があるのは知っているがこれほどまでとはと、菊之助も新たにお亀の一面を知る思いであった。

「それにしても、娘一人を捕まえるってのに、物々しい出で立ちだな」
陣笠に陣羽織を纏っての与力の出動なんて、伝蔵すら滅多にお目にかかることはない。それは、重大な罪を犯した者を捕らえるのに、陣頭指揮に立ち軍配《ぐんばい》を振るうときの装束である。

しかも、捕り方役人を四人も従えてである。

「そこが、なんともおかしいんですよね」
むしろ、その仰々しさに、何か重要な意味が含まれていると菊之助は口にする。

「大家さん、普段のお亀の行いにおかしなことがなかったですかい？　たとえば、塞《ふさ》ぎ込んでたとか」

「いいや、まったくといっていいほどありまへんな。反対に、そりゃぺらぺらと喋《しゃべ》って、賑やかなもんでしたで。暗いところなんか、ちいともおまへん」

祝言が迫っていることもあり、お亀に多少の落ち着きのなさを感じたが、それで奉行所に捕らえられるほどの大罪を犯したとは考えられない。

考えれば考えるほど謎が深まると、三人の首がそろって傾ぐ。

しかし、三人に共通した考えは、お亀がそんな大それたことをする娘ではないということだ。それは、ここにいる三人だけでなく、けったい長屋の連中も頓堀屋の奉公人たちも、みな同じく、誰もが認め合っていることだ。

「お亀を救うためだったら、俺も手伝うぜ」

伝蔵も、乗ってきた。

「おおきに、親分はん」

高太郎が、うな垂れるように頭を下げ、礼を言った。

四

番屋の敷居を跨いで、男が一人入ってきた。五十歳前後の恰幅のよい、一見して商《しょう》店《だな》の主人風に見える。

「何か……？」

東仲町の番人も、五十代半ばと高齢である。いく分惚《ぼ》けが混じるので、三人の会話には加わっていない。

「すみませんが、このあたりに八萬屋《はちまんや》さんという、小間物を扱っているお店はございませんか？」

行き先を尋ねるだけの用件であった。

「八萬屋ってどこだっけ？　そうだ、この通りを右に二町ほど行けばありますぜ」

「さようですか、ありがとうございます。ついでに、もうひとつお訊ねしたいのですが、よろしくて……？」

「ええ、なんなりと。ですが、訊くのはいいけどあたしの知ってることしか答えられませんぜ」

「はい、それでけっこうです」

商人らしく、言葉はすこぶる丁寧である。

番人と商人のやり取りを邪魔しないようにと、菊之助たち三人は黙って聞いている。

商人が、番屋から出ていくのを見計らい、自分たちも出ようと決めていた。

「つい二日前のことですが……申し送れました。その前に手前、日本橋十軒店《じっけんだな》で米穀商を営む……」

「挨拶はいいから、先を話してくれねえかい。話が長いと、聞いたことをすぐに忘れちまうんで、用件だけ話してくれねえかな」

番人が、相手が名乗るのを遮り話を急かせた。

「申しわけございません」

商人が、再び語り出す。

「二日前の、お昼ごろですが……」

二日前といえば、その夕に菊之助が阿佐ヶ谷の八十吉とともに武州川越にいた日である。話を聞きながら、菊之助はそんなことを思い出していた。

「手前の家内と娘が、浅草寺の観音様にお参りに来たのですが……」

「二日前……そんな昔のことは憶えてねえな」

「……どうも、この人じゃ駄目そうだな」

商人が、小声で呟く。その歪んだ顔が、奥にいる三人に向いた。

「そちらにいるお三人に、話を訊いたほうがよろしいようだ」

商人の目が、菊之助たちに向いた。

「ちょうどいい。目明しの親分さんもおいでになるようで」

商人の顔は伝蔵に向き、もう番人には目をくれることもない。

「こっちも急ぐんだけど、話は聞きましょうかい」

「親分はん……」

先を急ごうと、高太郎が伝蔵の袖を引く。

「いや若旦那、ちょっと待ってくれ。気持ちが分からないでもねえが、こういうときは話だけでも聞いてやるのが俺たちの務めだからな」

逸《はや》る高太郎を押さえて、伝蔵の顔が商人に向いた。

「手前、日本橋は十軒店で……」

「そこは耳に入ってるから、用件を先に言ってくんな」

「家内と娘が浅草に来まして、八萬屋という小間物屋さんで簪《かんざし》を買い……」

八萬屋は、浅草の中でも一番流行《はや》っている小間物屋である。高級な物を扱っているでもなく、かなり遠くから買い求めに来る客が多く見られた。ここでしか買えない縁起物の簪があると、江戸中に評判が立っているからだ。

　商人の話がつづく。

「その簪というのは二分ほどすると聞いてましたが、どうしても娘がそれを欲しいと。目当ての物が見つかり、支払いをしようとしたところで、家内が懐の中に財布がないのを知りまして……」

「掏りに遭ったとでも？」

　菊之助が、身を乗り出して訊いた。

「ええ、そのようで。財布の中には二十両という金が入ってまして……」

「詳しく話を聞こうじゃねえですか。座って話をしましょうや」

　もしかしたらという勘が、三人同時に働いた。

　罪人を留め置く部屋に上がると、商人を向かいに座らせ、伝蔵を真ん中にして三人が並んで座った。

「申し遅れました手前……」

　日本橋で米の小売を営む『高倉屋《たかくらや》』の主で九左衛門《くざえもん》だと名を語った。

「なんで、そんな大金を？」

　問いは、主に伝蔵が発する。

「手前どもは、米を町人に売る商いをしておりまして、浅草森田町《もりたちょう》にある米の仲買屋さんに支払いをするため家内に金を持たせました」

「お内儀《ないぎ》に……？」

　伝蔵が口を挟んだのは、そんな大金の支払いは大抵が主人か、奉公人でも番頭の務めである。

「はい。支払いの急ぎと、家内たちが浅草に行くというので、金を持たせました。先に支払いを済ませればよいものを、娘は簪が先だと仲買屋さんの前を通り越し、そのまま八萬屋さんに向かったのですな。その途中で……」

「巾着切に遭ったというんですかい？」

　伝蔵が身を乗り出して訊くも、

「いや、そのようではなく……」

　災難に遭ったというのに、九左衛門に落胆している様子がない。

「支払いをしようと懐に手を入れるも財布がないのに気づき、家内と娘はただただうろたえるばかりだったと。簪が買えないと娘は大声で泣き叫び、家内は家内で、支払いの金が盗まれたと、その場にへたり込んだという話です」

「ですが、今はご主人にお困りの様子はない。なぜなんでしょうかね？」

菊之助が訊きたかったことを、伝蔵が問うた。

その理由がこれから明かされる。

「救いの神が現れまして」

「へえ、救いの神ってか？」

高太郎の問いに、九左衛門の訝《いぶか》しげな顔が向いた。

「上方のお方で？」

「へえ。三代前にご先祖が江戸に来て……家の家訓は、ずっと上方弁で通せとのことでんね」

「さようでしたか。ところで話は戻りますが、その救いの神というのはどこかの娘さんということで……」

九左衛門の話の最中で、向かいに座る三人は首を左右に振りはじめ、互いの顔を見やった。

まさかという思いが、九左衛門の向かいに座る三人の脳裏をよぎった。

「その娘が、何かしたんで？」

「はい。財布を拾ったと届けてくれたと。どうやら、家内が落としたのを見たらしく、あとを追ってきたということです」

九左衛門の話に、複雑な思いになったのは向かいに座る三人である。話の筋としては、お亀が掏りに関わっているかと思ったもののそうではなかったからだ。それはそれで、ありがたいことだと。だが、それではお亀が捕らえられた意味が分からない。この件では、お亀は無縁と取った。また新たな手がかりを探さねばならない。

「どうかなさりまして？」

「いや、なんでもねえ。先をつづけてくれ」

不機嫌そうな、伝蔵の物言いとなった。それでも役目柄、話を聞かなくてはならない。

「とにかく財布が戻って大喜びしたのはよろしいんですが、馬鹿な家内と娘たちでして『きちんとお礼を差し上げたのか？』と訊きますと、すっかり忘れてたとのことです。そんなことで八萬屋さんに行けば、その娘さんのことが知れると思いまして。捜し出して、お礼をせねばという次第でございます」

「どんな娘さんか、分かりませんので？」

一縷《いちる》の思いが宿る菊之助の問いであった。

「いえ、二十歳前後としか聞いてないので、その容姿までは……」

九左衛門は、直《じか》に娘と会ったわけではない。内儀の話を聞いて、浅草にやってきたのである。

二十歳前後の娘なら、江戸には佃煮《つくだに》にできるほどたくさんいる。それでももしやという思いが、菊之助の脳裏をよぎった。ほんのわずかでも、引っ掛かりがあれば足を踏み入れようとするのが菊之助の流儀である。

「伝蔵親分、どうやらおれたちも八萬屋へ行ったほうがいいみたいで」

菊之助が、伝蔵に話しかけた。

「そのようだな」

お亀が絡むか絡まないか、今はどちらともいえない。だが、探りの糸口になる公算も捨てきれない。

「……無駄とはいえねえな」

伝蔵が呟くように言った。

番屋を出て、四人して八萬屋へと向かった。

暮六ツまであと半刻ほど残すが、とにかくこの日のうちに取っ掛かりだけでもつかみたいと願うばかりであった。

「ごめんよ……」

店頭で掃き掃除をする十代半ばの、少し大きめに育った小僧に伝蔵が声をかけた。

「あっ、雷《かみなり》の親分さん」

伝蔵のうしろにいる三人にも、小僧の目が向いている。女客が八割ほどの店としては、男ばかりで四人の客は珍しい。そんな怪訝そうな、小僧の表情であった。

「客でなくてすまねえが、ちょっと訊きたいことがあってな。小僧さんでいいや、二日前の昼ごろ……」

こんなことがなかったかと、伝蔵が小僧に訊いた。

「ええ。そういえば、ございましたね。お金を掏られたと言って大声であわてふためき、それは大変な騒ぎでありました」

「騒ぎはどうでもいいんだけどな、そのとき財布を拾って届けてくれたって娘のことは憶えちゃいねえかい？」

「なぜに親分さんは、そのことをご存じで？」

「このお方が、その娘さんに礼をしたいというんでな」

伝蔵が振り向き、九左衛門の顔を見ながら言った。

「実は、そのときのお内儀のご主人でな、それで、財布を拾って届けてくれた娘を捜してるってことだ」

「さようでしたか。ですが、手前はあの娘さんのことをまったく存じませんで……お客さんとして一度でも来られたのでしたら、顔も覚えているのですが」

「大事なことなんで、誰か分かりそうな人はいるかい？」

伝蔵の言う大事なこととは、謝礼のためではない。

「でしたら、手代の勘助《かんすけ》さんが知っているかも。あの娘さんを見かけたことがあると言ってましたから」

「そうかい。だったら、その勘助さんというの、呼んでくれねえか？」

店の中に入ってもよいが、女客が多くいる。きゃあきゃあと話し声もうるさく、落ち着かないとの思いがあり、外で話を聞くことにした。

五

なかなか手代の勘助は出てこない。

店の中をのぞいて見ると、女客の相手をしている。買うかどうかで迷う、優柔不断な客に手間取っている。ときどき、外を気にして目を向けているのは用件が伝わっているからだ。

日が落ちるにつれ、だんだんと寒くなってくる。

「やっぱり中に入りませんか」

菊之助の提案に、一同賛同する。

「中で待たせてもらうぜ」

伝蔵が先に入り、三人はそのあとに付いた。

いきなりの岡引きの入店に、女たちの驚く顔が向いた。

「あら、様子のいい男が中に交じってるわね」

女たちが言う様子のいい男とは、この中では菊之助しかいない。十三代目市村羽左衛門を髣髴《ほうふつ》とさせる器量ならば、どこに行っても女たちの注目も浴びようというものだ。

「おや、菊ちゃんじゃなかい？」

中に、菊之助を知る女がいた。四十を前にした、かなり年増《としま》の女であった。

「ご無沙汰で……」

菊之助の、気が抜けた返事であった。

この女には、あまりいい思いを菊之助は抱いていない。派手好きで、金の浪費が激しい女である。

「どうしてこんなところに……あっ、分かった。いい人に何か買って差し上げるのね？」

女は、人前で小指を立てた。

「いや、そんなんでは……」

絡まれるとしつこい。今は相手にしている暇はないと、菊之助はあらぬほうを向いて女の気を逸らした。

手代の勘助は、すでに客との応対が済み、伝蔵と話をしている。

「……てなわけで、財布を拾って届けてくれた娘を捜してるんだが。小僧さんは、手代の勘助さんなら知ってるかもと言ってた」

菊之助が、伝蔵の話を聞けたのはここからである。

「さようでしたか。ですが、生憎《あいにく》とその娘さんは一度か二度道でお見かけしただけで、どこの誰とも……こういうこともあろうかと、名と住まいをうかがったったんですがどうしても教えていただけず、先を急ぐように帰っていきました」

「その娘の顔に、何か目立つような……たとえば、ここに黒子《ほくろ》とか？」

菊之助が、自分の顎《あご》を指差して言った。もしそこに黒子があれば、お亀に間違いがない。

「いや、ちょっと手前には覚えが……」

「その娘さんなら……」

手代の首が傾いたところに、菊之助と話をしていた年増女が口を挟んできた。

「知ってるんで？」

「ええ。あのとき、私もここにいたのよ。たしか財布を届けてくれたあの娘《こ》、以前に駒形町の大通りで見かけたことがあるわ」

「えっ！」

「どうしたの、そんなおっかない顔をして？」

仰天する菊之助に、女の額に皺が一本増えた。

「いや、なんでもないんで。それで、駒形町のどのへんで？」

「諏訪神社の向かい側に、大きな材木屋さんがあるでしょ。その家に入っていくのを、見かけたことがあるわ」

こいつは間違いないと、高太郎の口はポカンと開いたままとなった。

八萬屋で話を聞けたのは、そこまでであった。

名も名乗らず、住処を教えることもなく、お亀は八萬屋を立ち去ったのだ。

どこかで落ち着いて話そうと、腹が減ってきたこともあり、広小路沿いの蕎麦屋《そばや》に四人は入った。そこで、九左衛門に向けて経緯を話す。

話に驚いたのは、九左衛門も同じであった。

「その娘さんと高太郎さんが、三日後に祝言ですか。しかし、とんでもないことになりましたな」

「へえ。えらいこっちゃですわ」

「……それにしても妙だな」

伝蔵が、腕を組んで考えている。

お亀が奉行所に捕らえられていったのは、まさにそのことでとしか考えられない。そのこととは、お亀の前歴である。

三人の頭の中で思い浮かぶことは、同じである。

――お亀は掏りと間違えられている。

誰も、今のお亀を掏りとは思っていない。

「お亀は、もうそんなことはしまへん」

「分かってるよ、大家さん。これはまったくの間違いだってことは、誰もが知っている。だが、なぜに南町奉行所はお亀を……？」

「俺も今、そいつを考えてたんだ」

伝蔵が、腕を組み首をうなずかせて口にする。

「こいつは、垂れ込みかもしれねえな」

「垂れ込み……？」

「ああ、そうだ。お亀が完全に稼業から足を洗ったと考えれば、なんとなく話が読めてくる」

「どう読めるんでっか？」

「こいつは一つの仮定だが、お亀はやはり掏りを働いた」

「なんでやねん？」

上方弁が蕎麦屋の店内に轟《とどろ》き、客の顔が一斉に向いた。そこに、目明しが座っているので、客たちの顔はすぐに元へと戻った。

「いや、掏りとはいってもお亀は悪いことはしてない。むしろ、いいほうに腕を使ったんだろうな」

伝蔵の読みに、菊之助も腕を組み小さくうなずきを見せている。

「やっぱり親分も、おれの考えてることと同じだ」

「ほう、菊之助もか。あと出しはいけねえ、だったらその先の考えを言ってみな」

　分かりましたと言って、菊之助が先を語る。

「おそらくお亀は、雷門《かみなりもん》の前で九左衛門さんのお内儀の懐から、財布が掏られるのを見かけたんだろう。お亀なら、そのへんの嗅覚は鋭いだろうから。悪さを見かねて、相手の懐から財布を奪い返した」

「ですが、菊之助はんはそうおっしゃいますが、お亀は金輪際《こんりんざい》二度と人様の物は掏らないと、わての前でそう誓ったんでっせ」

　お亀の、固い決意を高太郎が口にした。

「でも、いいほうで……」

「掏りや騙《かた》りに、いいも悪いもありゃしまへん。悪いことは、悪いさかいな。お亀は、二度と掏りは働かないと誓ったんやで、もしそんなことがあったら離縁……まだ祝言を挙げてないんやからそうは言いまへんな。とにかく、祝言は取りやめや」

　高太郎が、顔を真っ赤にして言い放つ。

「ですが高太郎さん。手前どもとしては、そのおかげで大助かりしたんです。しかも、名を名乗らずに立ち去るなんて、そうそうできることではございません。そんなことで、手前に免じて許してやってくださいませ」

九左衛門が、親子ほど齢の違う高太郎に大きく頭を下げた。

「いや、旦那さんが何を言おうと、駄目なもんは駄目でおま」

頑《かたく》なな高太郎であった。

「こんな強情な大家、初めて見たな」

菊之助も、呆《あき》れ口調で高太郎に怪訝な顔を向ける。

「すると大家さんは、本当はお亀ちゃんと添い遂げたくはねえんだな。人前じゃいい面《つら》をしてるけど、心の奥じゃ下賤《げせん》な女と軽蔑してるんだろうよ。まったく、呆れけえった二重人格だな」

菊之助が、ここぞとまで高太郎を皮肉る。

「ちゃうちゃう、ちゃいまっせ、菊之助はん」

高太郎も、首を振り両手を激しく振って、菊之助の言葉を拒む。

「そんなら、なんだってんで？」

「わてはお亀のことを、心底から好きやねん。ええ、惚れてまっせ誰よりも。だからこそ、事情がどうあろうと他人の懐に手を入れてはあきまへんのや」

高太郎の口から出る飛沫がかかるか、向かいに座る九左衛門が、卓に載る蕎麦笊《ざる》を脇に退《ど》けた。

「掏りなんぞしたさかい、早速《さっそく》しっぺ返しを食らったやおまへんか。ああ、わてらはもうしまいや。お亀は二度と戻ってはきよらへん」

高太郎の怒りは嘆きに変わった。

あきらめるのは早いと言おうとして、菊之助は言葉を止めた。今の高太郎には何を言っても、慰めにもならないと思ったからだ。

そんなやり取りに頓着なく、伝蔵は別のほうを向いてしきりに考えている。

「何を考えてるんです、親分？」

高太郎の相手はそれまでと、菊之助は顔を伝蔵に向けた。

菊之助の呼びかけに、小太りの眉間に皺を寄せた、伝蔵の顔が向いた。

「いや、ちょっとおかしいと思ってな」

「おかしいとは……？」

「ちょっと、読みが違うんじゃねえかってな。巾着切がお内儀の懐から財布を掏り盗り、たまたまそばにいたお亀が、それを見逃さなかった。こいつはいけねえと、お亀が巾着切から奪い返した」

「おれも、そう読んでましたぜ。どこが違うと？」

「いや、話はここからだ。おかしいと思うのは、お亀が財布を奪い返すには、いくらかの間合いが生じるだろうよ。それと、掏りってのは逆方向に逃げるのが鉄則じゃねえのか。そうなると、お亀はなんでお内儀たちが八萬屋にいるって分かったんだ？」

「手代さんが言うには、あとを追ってきたってことですよね」

「ああ、そうだ。財布を拾ったのは方便として、掏りのほうを追ったお亀は、その間にもお内儀たちを見失うはずだぜ」

「さすが、親分だ。言われてみれば……なるほど」

大きくうなずき、菊之助は得心する。

昼下がりなら、浅草広小路は人通りがかなりある。少し目を離しただけでも、人ごみに消えてしまうのは土地に暮らした人間なら誰しも分かる。迷子が多く、近在の番屋はその応対にいつも大わらわである。

なぜにお亀は、お内儀たちが八萬屋に行くことが分かったのか。

「それが第一の疑問だな」

伝蔵が、上向いた鼻の穴を、さらに大きく広げて言った。

「第二の疑問は、事件は大事にならなかったのに、なんで直《じか》に南町奉行所が動いたかだ。それも、殺しじゃねえってのに与力直々の出動だ。しかも、俺たち地場の岡引きの耳にも入らずにだ」

「第三は……」

「ほう、菊之助は何を考えた？」

「お亀がなんで捕らえられたか。こいつが、一番の疑問かと……濡れ衣であることは承知として、なぜにお亀はそのとき抗わなかったのか？　普通、捕らえられるときはなんらか抵抗を示すもんでしょ。たとえ無駄でも『私はやってません』くらいのことは言うでしょうに。だが、お亀はにっこり笑って『心配しないで』って言ったんだよな、大家さん」

下を向いてうな垂れている高太郎に、菊之助はいきなり話を振った。

「あっ、はい」

高太郎は顔を上げ、一言返すと再び顔を下に向けた。

六

この数日の間に、お亀の身に生じた変わった出来事といえば、この一件しかない。

いくつもの疑問が重なり合って、菊之助たちを悩ませている。

この一つ一つの疑問を解けるのは、お亀しかいない。しかしお亀の身は、浅草から二里近くも離れている、数寄屋橋御門の南町奉行所の留置《とめお》き場《ば》の中にある。

「……草葉影之助か」

菊之助の口から、呟きが漏れた。

「何か言ったか？」

「親分、本当に草葉影之助って名の与力はいるんですかね？」

菊之助の問いが、伝蔵に向いた。先刻、そのことに触れたが、菊之助としてはもう一度確かめたい気持ちであった。

「なんとも分からねえ。さっき言った内勤なら……あっ！」

「どうかしましたんで？」

「いや、奉行所内で仕事をしてるのがなんで捕り方なんぞ率いて……しかも、娘一人を捕まえにだ。そんな捕り物はこれまで見たことも、聞いたこともねえ」

伝蔵が口にしたところで、浅草寺の鐘が暮六ツを報せる、早打ちが三度つづけて鳴った。

「ああ、もうこんな刻。手前は日本橋に戻りませんと。あしたまたお伺いします。お亀さんが、無事に戻ってきていたらよろしいのですが」

九左衛門には、もう聞くことがない。

「そうでしたな。なるべく、人通りの多い道で帰ったほうがよろしいですぜ」

日本橋に着くころには、夜の帳《とばり》が下りている。このところ江戸の町も、かなり治安が乱れている。夜道は物騒だと、伝蔵は岡引きらしい注意を促した。

「こちらの蕎麦代は、手前が払っておきますので……」

と言いながら、九左衛門は座敷から土間へと下りた。そして、勘定を払う段になってそわそわとしだした。

「あれ？　九左衛門さんの様子がおかしいな」

菊之助が言ったところで、九左衛門が血相を変えて戻ってきた。

「今、蕎麦代を払おうとして懐に手を入れましたら……」

「財布がないんで？」

「ええ」

菊之助の問いに、九左衛門は顔を顰めて答えた。皺顔に、さらに多数の皺が増えている。

「なんでえ、九左衛門さんも掏りに遭ったので？」

困惑した九左衛門に、伝蔵が問いかけた。

「はい、さようのようで……」

「それで、いくら入ってました？」

「お金はたいした額でないのですが、中に米の買取り証文が。それがないと、二百俵の米と引き換えができず困ったことになります。そうだ、それとお亀さんへの謝礼が二両」

「ということは、東仲町の番屋に来る前だな。浅草に来て、身の上に何か変わったことはなかったですかい？」

「そういえば、あのとき……」

こんな事態でも冷静になれるのが、大店の主人としての度量である。

「雷門の前で、三十歳前後の女とぶつかって……もしや、あのとき。それ以外、他人との接触はなかったですから」

「その女の顔を憶えてねえですかい？」

九左衛門が、少し考えてから口にする。

「ちょっと細面で、目が吊り上がった狐目《きつねめ》をした女でした。着物の柄《がら》は白地に紫《むらさき》の親子縞《おやこじま》、水向きのする……」

「もしかしたら、今戸《いまど》のお仙《せん》かもしれねえな」

「親分は、その女を知ってるので？」

「知るも知らねえもねえ。このあたりじゃ、名うての掏りだ。いつも五、六人の一味でもって仕事をしている」

「名や顔を知ってて、なんで捕まえないんで？」

菊之助の問いに、伝蔵の顔が歪む。

「ただ歩いているだけじゃ、捕まえられねえんでな。浅草の通りで見かけたら、そりゃ注意深く見ているが、その瞬間をいつも見逃しちまう。どうも尻尾《しっぽ》が捕まえられねえ。こっちがだらしねえこともあるが、それよりも相手の技量のほうが上手《うわて》だ」

悔しさを滲ませ、伝蔵が語る。現行犯でその場を押さえないと捕らえられないのが辛いところだと、珍しく弱気を見せた。

「だったら、捕まえようじゃないですかい。ええ、おれたちも手伝いますぜ。もしかしたら、お内儀の財布を狙ったのがお仙てことも考えられますから」

「こいつは是が非にも、お仙を捕まえなくちゃあきまへんな。そしたら、お亀も助かるかもしれへん」

言い終わらぬうちに、高太郎が立ち上がった。

「どこに行くんで？」

「お仙という女を捕まえに行くんですがな」

「ちょっと待ちない、若旦那。夜の帳が下りちゃ、あいつらは出てきやしねえ。そうだ、あしたはちょうど縁日が立つ。掏りにとっちゃ書き入れどきだ。必ず奴らは仕事に励むはずだ」

　お亀を救う策が見つからない今、実際の巾着切を捕まえ、その方向からお亀を救い出そうということになった。

　お仙という巾着切とお亀が関わりあるかどうかは、まったく不明である。だが、心の奥底で絡まる糸を感じてならない菊之助であった。

「あした、またまいります」

　九左衛門も、明朝に来て掏りの一味を捕まえる手助けをするという。

「これから長屋に戻って、一策練ろう」

　この場は高太郎が勘定を払い、浅草諏訪町まで九左衛門の同行となった。

　やはり、お亀は頓堀屋には戻っていない。

　捕縛は間違いであったと、一縷《いちる》の望みを抱いてきた高太郎だが、それも空振りとなった。

「いやいや、まだ終わっちゃいまへん」

簡単に望みは捨てないと、高太郎は臍下《へそ》三寸の丹田《たんでん》に力を込めた。

「お亀、必ず助けてやるさかい待っててや。わてには、浪速《なにわ》のど根性が宿ってるさかいな」

誰に向けてでなく、高太郎は自らを鼓舞した。その独り言に、菊之助と伝蔵は黙って聞き入っていた。


そのころ、未《ひつじ》の方角に二里近く行ったところの南町奉行所内で、お亀は五十を過ぎたあたりの高齢の男と向かい合っていた。

床は、板木ではない。亀甲柄《きっこうがら》の縁《へり》が施された畳の上である。牢格子もなく、四方は襖で囲まれている。

「三日後に祝言であるというのに、すまんの。許婚《いいなずけ》は、今ごろ心配しておるだろうに」

そう語るのは、ときの南町奉行井上信濃守《いのうえしなののかみ》清直《きよなお》である。奉行から少し控えて座るのは、昼間陣笠を被りお亀を捕らえに来た与力の草葉影之助であった。

「いいえ、お奉行様。あの人なら大丈夫です。見かけによらず、けっこう芯の強いお方ですから」

「まあ、あしたになれば帰れる……と思う。それもこれも、おこと次第だがの」

お亀はまだ、奉行所に連れてこられた事情《わけ》を聞かされてはいない。それをこれから聞かされるかと、体を硬直させながら奉行と向き合っている。


昼ごろである。

村田《むらた》という南町奉行所添物書《そえものがき》同心が来て、お亀にこう打診をして言った。

「——きょうの夕刻、南町奉行所与力の草葉様が、捕り方を率いておまえを捕まえに来る。そのときは、おとなしくお縄になってくれ。ええ、見せ掛けの捕縛だから案ずることはない。いいか、分かったな」

「あのう……」

お亀が問い返すのを遮り、村田という同心はそそくさと帰っていった。

急に捕り方が入って、うろたえないために予《あらかじ》め報せておくとのことであった。

夕刻、頓堀屋に草葉影之助と捕り方四名が御用の筋と言って入った。そして、高太郎の目前でお亀は連行された。

見せ掛けと言われていても、事情が分からなくては気が重くなる。

前職が吟味与力であった草葉は二年ほど前、そのころはまだ巾着切であったお亀を取り調べたことがある。そのときは証が立てられず解放したが、お亀の巾着切の腕前は草葉も承知している。

お亀が縄を打たれていたのは、二町までであった。そこに、奉行所が手配した駕籠《かご》が待っていた。

町駕籠ではない。

四人で担ぐ駕籠は、うとうとと眠たくなるくらい乗り心地がすこぶるよかった。

何のためにあたしは捕まえられなくちゃいけないのと、お亀が駕籠の中で考えるも答など出るはずもない。行けば分かると気にしないことにして、お亀は駕籠の窓から江戸の景色を眺めていた。ただ一つ気になるのは、高太郎がどれほど心配しているかである。高太郎には、おおよその事情を話しておくと草葉は言ったが、それがきちんと伝わっているかどうか分からない。

「――高太郎さん、ちゃんと聞けたかしら？」

あのときの、高太郎のうろたえ方は尋常ではなかった。顔は真っ青、目はおろおろになっていた。秋葉が言った一言が、きちんを耳に入っていたかどうかが、お亀としては気にかかるところであった。

芝居と分かっていても、もしかしたらこの縁談は破談になるかもしれないという一抹の不安が、痛みとなってお亀の胸を刺した。

奉行井上の口が動いている。

お亀は、巡らす思いを胸にしまい南町奉行と向き合った。

「実は、おことにやってもらいたいことがある。語る前に言っておくが、もし断ったとなると、頓堀屋に難が降りかかるものと思えよ」

口調は柔らかいが、有無を言わせぬ高圧な物言いである。まずは、脅しでもってお亀を縛った。

「これは、当家の存亡にも関わる大事なことでの……」

町奉行井上家がどうなろうと、お亀には知ったことではない。だが、あまりにも無茶な連行に事情の程がうかがわれる。

――このお奉行さま、あたしに悪事を働けっていうの？

お亀にも、おおよその察しがつく。捕らえに来た、草葉影之助という与力にお亀はずっと以前に、取り調べを受けたことがあった。

それほど大事な案件を、なんで二十にもならない小娘に托すのか。お亀としては、どうしても解せない話だ。だが、頓堀屋の命運がかかっているからには、言われたままに従う以外にない。

「なぜに私にと、おことは思っておるだろう？」

お亀の気持ちは見透かされている。

「むしろ、おことだから都合がよいと、こちらでは踏んだのだ。若い娘が、そんな大それたことをしでかすことはないと、相手の裏をかくことができるからの」

「いったい、何をやればよろしいので？」

「ある男の懐から、書状を盗んでもらいたいのだ」

掏りをやれと、奉行は押し付ける。

——やはり、悪事を……。

と思いながら、お亀は奉行を見据えて口にする。

「それは……」

金輪際やらないと高太郎に誓った手前、それだけはできないと断ろうとするも、その先が声に出せない。頓堀屋に難がかかると、足枷《あしかせ》を嵌《は》められているからだ。

いずれにしても、高太郎とは添えぬものと覚悟したお亀は、せめて頓堀屋に難が降りかかるのを避けるため、奉行の私事の頼みを引き受けることにした。

「分かりました」

「そうか、やってくれるか。ここにいる草葉が、おことならできると推挙したのだからの。なあ、草葉……」

「はっ。この者でしたら、万が一のしくじりもないと」

――あまりにも、買い被り過ぎだろう。

それほどの腕とは、お亀自身思ってはいない。掏りに関しては、まだまだ修業を積まなくてはならないと、親方からもよく言われていた。

「このことは、誰にも頼めぬでの。その書状が相手方に渡ったら、それこそ取り返しがつかなくなる」

ますますお亀は怪訝に思った。だが、表情には微塵も出さず感情を殺して言う。

「それで、どなたの懐から……？」

「あすの昼過ぎ……細かいことは、草葉から聞いてくれ。これ草葉、お亀と手はずを整え、よしなに頼むぞ」

南町奉行井上とは、これまでであった。

細かな段取りは、明日草葉から詳しく聞かされる。

その夜、お亀は暖かい蒲団に包まることができた。だが、しばらくは寝付くことができない。

「――悪いことをしてきた報い。しかたのないこと。高太郎さん……ごめんなさい」

あきらめようとするも、涙が止まらずびっしょりと枕を濡らした。

七

その夜、もう一人眠れない男がいた。

「……お亀。わてが助けるさかい、もう少し辛抱してや」

夜が明けて、朝から動き出す手はずになっている。

半刻ほど前、頓堀屋の高太郎の部屋に長屋の男衆が集まり、お仙一味を一網打尽にすると意気込んでいた。その中には、岡引きの伝蔵も交じっていた。

策は、囮《おとり》仕掛けとまとまった。

お亀が捕らえられたのは、九左衛門の内儀から二十両の大金を掏り盗った嫌疑と踏んでいる。

お亀の冤罪《えんざい》を晴らすには、巾着切の親方を捕らえて南町奉行所に差し出す。救うには、これしか手立てがないと誰もが信じた。

朝五ツを報せる鐘が鳴り、そろそろ浅草寺の境内が賑やかさを増してくるころだ。

どうしても手が離せない数人を除いた、総勢八名が浅草広小路へと向かった。

前夜に、元斎から占ってもらっている。

「——卦の濃いところは花川戸の辻あたり。その次に濃いところは、雷門前……」

と、三個所ばかり捕らえるに公算のある場所を指摘してもらっている。

「三つに分かれるには、手が足りねえな」

そこで、二箇所に的を絞った。

一箇所は花川戸の辻で、囮役は高太郎。そこに、岡引きの伝蔵、灸屋の兆安、そして将棋指しの天竜が付いた。

高太郎の懐は、食いつきやすいようにと脹らみをもたせている。そして、たえず金を持っている気配を漂わせるように努《つと》めて歩いた。

もう一方の雷門前では、囮の役は高倉屋の九左衛門である。そこに菊之助と担ぎ呉服屋の定五郎、そして壺振り師の銀次郎が付いている。九左衛門は雷門から伝法院《でんぽういん》あたりをぶらぶらと往復して、掏りの食いつきを待った。

かれこれ二刻が経ち、正午を報せる鐘が鳴り出すころとなった。

伝法院の門前で、元斎が易占いの客待ちをしている。

「どうだ……？」

菊之助が近づくと、元斎のほうから声がかかった。

「いえ、まだ……」

周囲を気にしながら、菊之助は首を振った。

「獲物は食いついてこないか？」

「そう簡単にはいきませんよ」

「案ずるにおよばん。探し物はもうすぐ見つかると、卦に出ておる」

「心強いですよ、元斎先生」

元斎に礼を言い、菊之助は少し離れたところに立つ定五郎と銀次郎のもとに戻った。

高倉屋九左衛門から一瞬たりとも目を離さず、定五郎と銀次郎は張り付いている。

「元斎先生が、もうすぐ探し物は……おやっ？」

菊之助が言うそばから、九左衛門に異変があった。

神経を懐に集中していれば、掏られた瞬間が分かるというものだ。魚釣りでいう『アタリ』である。

アタリと同時に、九左衛門の右手が上がった。

九左衛門とぶつかるも、何ごともなかったようにのうのうとして歩いてくるのはお仙に間違いない。

お仙ひとりを捕まえても埒《らち》が明かない。掏り盗った獲物はすぐに、受け子に渡る。掏りは、二人から三人で組んでの犯行によることが多い。いるとすればもう一人、引き役だ。餌食を見つけては、注意を逸《そ》らすために変わった挙動をする。気が別のところに向けば、掏りもしやすい。

一味を捕まえ、伝蔵のもとに連れていく。そして掏りを束ねる頭領を捕らえて、南町奉行所に差し出す算段であった。

お仙が向かい側から歩いてくる男とすれ違った瞬時を、菊之助たちは見逃さなかった。

「渡すぞ」

定五郎の目も、財布を　受け子に手渡す瞬間を見逃さなかった。

「ようやく捕まえたぞ！」

狐目が、さらに吊り上がったお仙に、菊之助は引導を渡すように言った。

菊之助はお仙の手首を、定五郎は受け手の手首をそれぞれつかんでいる。手首をいく分ねじり上げれば、激痛が走り身じろぐことさえできなくなる。

お仙と受け子の手には、九左衛門の財布が握られている。手渡す際の、瞬《まばた》きするほどの瞬間に、二人同時に捕らえたのであった。

「これ以上の証はねえな」

定五郎が、得意げな顔をして言った。

お仙の手が懐に入る直前、菊谷橋《きくやばし》に行くにはと話しかけてきた男がいた。九左衛門の注意を引き付ける役目の男であった。

九左衛門は、その男の顔を憶えている。

「あいつだ」

九左衛門が指差す先を、銀次郎が見ている。十間先で仲間が捕まったのを、その男は逃げることもできず、呆然と見ている。

銀次郎は、咄嗟に男の背後に廻った。逃げるにしても、挟み討ちである。男が振り返り逃げ出そうとすると、目前に銀次郎が立っていた。

「てめえも掏りの仲間か？」

「…………」

答がなくても、正体はばれている。返答を聞かずに、銀次郎は男の鳩尾《みぞおち》に拳を打《ぶ》ち当てた。グスッと、あいきみたいなものを吐いて、男はその場に沈んだ。

こういうこともあろうかと、予め細縄を用意してある。三人を後ろ手に縛り、花川戸の辻あたりにいる伝蔵のもとへと急いだ。

受け子は職人の姿で、仕事道具を入れる頭陀袋《ずだぶくろ》を担いでいる。その中には、この日五人から掏り取った獲物が入っていた。すべての金を数えると、三十両近い荒稼ぎである。ちなみに九左衛門の財布には、小判の代わりに石ころが入っていた。

花川戸の番屋に、掏りの三人は閉じ込められた。

「きのう、この人から抜き取った財布はどこにある？」

「知らねえよ、そんな物」

男口調で、お仙は白《しら》を切る。尋問は、お仙だけに向けてである。あとの二人は、奥の留め置き部屋の柱に括りつけ動けないようにしてある。

「金ならみんなくれてやる。だが、あの財布の中には大事なものが入ってたのだ。それだけでも返してもらえればいい」

九左衛門が、縋るようにお仙に言葉をかけた。

「そんなもの、持ってないよ。みんな親方が……」

「そいつは聖天町《しょうでんちょう》の駒吉《こまきち》だな？」

伝蔵が、掏りの親玉の名を口にした。根城はつかんでいたが、これまでどうしても踏み込めなかったのは、現場を取り押さえられなかったからだ。証がないのに、踏み込むわけにはいかない。だが、これで一味は根こそぎお縄をかけられる。岡引きとしての、伝蔵の悲願であった。

これからやることは、掏りの親方駒吉を捕らえ、南町奉行所に連れていき、お亀を取り戻すことだ。

「これでお亀を取り返せませんな。みなはん、おおきに」

高太郎が、涙声で礼を言った。

手下に悪事を働かせ、元締めの駒吉は左団扇《ひだりうちわ》でのんびり暮らしている。

女房であるお仙が捕まったのも知らず、庭で植木に水をくれているところを、伝蔵は十手《じって》の一振りで駒吉をお縄にした。

まだ正午を、半刻ほど過ぎたあたりである。

駒吉の体を早縄で頑丈に縛り、縄を伝蔵が持って菊之助と高太郎がうしろに付いた。

「さっさと歩きやがれ！」

伝蔵が縄の先で鞭打っても、駒吉は馬のように駆けはしない。のろのろの歩みでは、数寄屋橋まで行くのに夜になってしまう。

「そや、船で行きまひょ。そのほうが、断然速いでっせ」

「そいつはいい考えだ。たまには大家さんも、いいこと思いつくぜ」

高太郎の提案に、菊之助が乗った。

聖天町から大川は近い。そこに、伝蔵がよく知る船宿がある。

「御用の筋だ。舟を一艘、南町奉行所まで頼む」

と言えば、すぐに調達してくれた。それも、飛び切り腕の立つ船頭を二人つけてである。

大川を下り、新堀川から江戸橋《えどばし》、日本橋を潜《くぐ》り一石橋《いっこくばし》から外濠に入り、南下して十五町ほど漕げば、数寄屋橋御門に着く。

二人船頭は、船足を速くした。数寄屋橋を潜ったところの桟橋に舟を着けるのに、半刻もかからなかった。

昼八ツを報せる鐘が、遠く聞こえてきた。意外と早く着いたなと、口にしながら堤に上った。

そこは山下町《やましたちょう》で、濠の向こうに数寄屋橋御門が見える。その橋を渡れば、南町奉行所はすぐそこだ。

「お亀、待ってなはれ、すぐに行くさかい」

数寄屋橋の手前まで来たところであった。

「おや？　あれはお亀」

気づいたのは菊之助である。

「ほんまや。そしてあれは……」

高太郎に、見覚えがあった。

「草葉という与力でっせ」

草葉とお亀が並んで歩いている。お縄を打たれるでもなく、まったく咎人《とがにん》という様子ではない。

「菊之助と若旦那は、お亀を追ってくんな。俺は、この野郎を奉行所に届けるから」

二手に別れ、菊之助と高太郎はお亀の十五間ほどうしろを尾《つ》けた。

やがて、銀座町《ぎんざちょう》の大通りに出るとお亀と草葉の足が止まった。顔を左右に向け、誰かを探す様子である。

それを、十五間ほど離れたところから見ている。

「何してんのや？」

その挙動が分からず、高太郎が菊之助に問うた。

「おれに分かるわけねえだろ。分かってるのは、お亀が捕らえられたのは、何か事情があってのことだってことだ」

「ことだってことだとは、なんのことでんね？」

「どうやら、おれたちが考えていたこととはちょっとどころか、う〜んと違ってるってのは確かなようだ」

十五間も離れていると、声は拾えない。できるだけ近づこうと、間合いを詰めた。

お亀は二人に気づいていない。高太郎が、声が届くほどお亀に近づく。そして、菊之助に話しかけた。

「そろそろお昼にしまへんか？」

上方弁がお亀の耳に届くと、一瞬振り向きを見せた。存在を報せた高太郎に気づくと、お亀は小さくうなずき、顔をもとに戻した。

草葉は、高太郎に気づかず前を見据えている。

お亀が気づけば、こそこそすることはない。ただ、草葉だけには存在を知られてはならないよう、付かず離れずのところで何が起きるのかを待った。

やがて、草葉がお亀になにやら告げた。

「来たぞ、あの男だ」

と、草葉が言ったように菊之助には取れた。

草葉の目線を辿ると、どこかの武家に仕える中間《ちゅうげん》と思《おぼ》しき男に目が注がれている。密書を携える者としては、少々頼りなさそうに見える。だが、逆に気配を隠しているといえなくもない。

お亀の目から、掏りが獲物を狙う眼光が放たれた。

――ごめんなさい、高太郎さん。

一瞬で元の悪党に身を滅ぼすことになるのを、お亀は自分自身でも気づいている。高太郎に心で詫びると、動き出した。

「あかんで。あれは、掏りをやる目や」

高太郎は一言発すると、菊之助が止めるのも聞かず道を横切った。そして、お亀の前に立つと両手を広げて阻止した。

「あかん、掏りをやったらあかん！」

「高太郎さん……」

「何であれ、絶対に他人《ひと》さまの懐に手を入れたらあかん」

高太郎の止めに、お亀は呆然とするも目から一粒の泪《なみだ》がこぼれ落ちた。

「何を止めるか、この無礼者が！」

草葉が、問答無用とばかり刀を抜くと高太郎に斬りかかった。

「おっと、いきなり段平《だんひら》はいけねえぜ」

草葉が上段から袈裟懸《けさが》けに刀を振り下ろす既《すんで》に、菊之助は草葉の腕をつかんだ。そして、体を中に入れた勢いで押し倒すと、草葉はその場で尻餅をついた。

その一瞬の出来事に、唖然としているのは書簡を抱えた中間である。

「何をなさっておられるので、草葉様」

与力の草葉と、密書を携えた中間が知り合いであることに意味があった。

書簡の宛名に『杵屋紋十郎様《きねやもんじゆうろう》』と認《したた》められている。

封書の裏には『志乃《しの》』と、二文字書かれている。志乃とは、南町奉行井上の奥方の名である。

杵屋紋十郎は、志乃に三味線《しやみせん》を教える師匠の名である。この二人の間で、稽古以外で文が交わされているのを井上は最近になって知った。

――町奉行の奥方が、不義密通。

不義密通は、天下のご法度である。ましてや、それを取り締まる町奉行が。表沙汰になったら、井上自身も身の破滅である。

志乃は、築地《つきじ》の私邸で雇う中間に、杵屋宛への文を托していた。この日も「――お月謝を届けておくれ」と、書簡に一両の小判を添えて中間に持たせた。

妻の不義密通を疑う井上としては、中身の文を知りたい。事が公《おおやけ》になる前に、未然に防ぐためでもあった。

奉行井上は、その中間を手なずけてある。「――明後日の昼八ツ、お月謝を添えて書状を運びます」と、中間から内密に報せを受けた。

そのまま書状が井上に渡っては、中間が志乃からどれほどの咎めを受けるか分からない。そこから事が漏れるとも限らない。書簡を奪い取るに、どうしたらよいかと井上は考えた。

どうしても良案が浮かばず、井上は腹心の与力草葉影之助に相談をかけた。

「――ならば、道の途中で掏りに盗られたということにしてはいかがでしょう？」

「なるほど。それは、妙案。しかし、奉行が掏りを働くとはなあ」

「そこは、お任せを。うってつけの者が、浅草に住んでおりまして……」

「誰だ、それは？」

「以前、深川で掏りの一味として働いていた娘でして。今はすっかりと足を洗い……その者に、手伝ってもらうということに」

「引き受けてくれるかのう?」

「ちょっと手荒な手段となりますが。これは、他の者には頼めませんので、私めが直々出向くことにします」

「なぜに、そんな娘が浅草にいると知っておるのだ?」

「北町に五十嵐という定町廻りがおりまして、その者とは知り合いでして、その娘のことは聞いております」

「ちょっと、気の毒な気がするの」

「何をおっしゃいまする、お奉行。奥方様の書状を誰に見られることなく奪い取れるのは、その手はずしかございませんぞ。多少掏りの腕は未熟でも、そこは狂言とあらば容易《たやす》いこと」

「その娘から露見する恐れは……?」

「絶対にございません、と断言できます。なんですか、近々材木屋の主と祝言を挙げるそうで、そこに釘を刺しておけば無言を通すでありましょう。うってつけの、娘でございます」

かくしてお亀に白羽の矢が立ち、捕縛の芝居とあいなった。

お亀を捕らえる際、草葉から高太郎に一言あった。

『事情があって、お亀を二日ばかり借りる』

と告げたが、動転していた高太郎にはそれが通じていなかった。

杵屋紋十郎に宛てられた志乃からの書簡は、夫井上の手に渡り封が切られた。

〈杵屋様　いつもありがとうございま
すきのうのお稽古はすこし厳しかった
です　これからもよろしく　かしこ〉

と、三行で書かれてある。

「これでは不義密通とは言えんな」

ほっと安堵するような、井上の口調であった。

「さようでございましょうか」

草葉は手渡された文面を読んで、ふと苦笑を漏らした。

「何か、おかしいか？」

「いいえ。ちょっと改行がおかしいかと……」

草葉はみなまで口にしない。口にすると、井上家は破滅かもしれないと思ったからだ。井上は気づかず、書状を畳んだ。

「ならば、一件落着かの」

「まあ、それでおよろしいかと」

草葉が、小さくうなずきを見せた。


帰りの舟は、聖天町の駒吉に替わってお亀が乗った。

ゆっくり進む舟の上で、お亀は高太郎からすべての経緯を聞いた。

「ばかね、あたし、お仙という女から財布を奪い返したりしないわよ。あの財布は、本当にお内儀さんが落としたの。うしろから声をかけたけど気づかず、八萬屋さんへ入ってようやく手渡すことができました」

菊之助たちの勘は見事に外れたが、おかげで浅草界隈を食い荒らす掏りの一味を撲滅することができた。

「長屋のみんなが待ってるさかい、船頭さん急いでや。そうや、祝言やからとっといて」

高太郎は船頭に発破をかけると、舟代とは別に一両という酒代を奢《おご》った。

「あいよ」

船頭の掛け声とともに、舟足が速くなった。

春は、もうすぐそばまで近づいている。大川は、そんな香りが漂う穏やかな川面であった。

その三日後、晴れて高太郎とお亀の祝言となった。

三日三晩のどんちゃん騒ぎでけったいな長屋の全員、そして材木商頓堀屋の奉公人がみな酔い潰れたのはいうまでもない。

時代小説
二見時代小説文庫

ぬれぎぬ　大江戸《おおえど》けったい長屋《ながや》4

二〇二一年　五　月二十五日　初版発行

著者　沖田正午《おきだしょうご》

発行所　株式会社　二見書房
〒一〇一-八四〇五
東京都千代田区神田三崎町二-一八-一一
電話　〇三-三五一五-二三一一［営業］
　　　〇三-三五一五-二三一三［編集］
振替　〇〇一七〇-四-二六三九

印刷　株式会社　堀内印刷所
製本　株式会社　村上製本所

ISBN978-4-576-21060-5
https://www.futami.co.jp/

沖田正午

北町影同心シリーズ

完結

①閻魔《えんま》の女房
②過去からの密命
③挑まれた戦い
④目《め》眩《くら》み万両
⑤もたれ攻め
⑥命の代償
⑦影武者捜し
⑧天女と夜叉
⑨火焔の啖呵《たんか》
⑩青二才の意地

江戸広しといえども、これ程の女はおるまい。北町奉行が唸る「才女」旗本の娘音乃《おとの》は夫も驚く、機知にも優れた剣の達人。凄腕同心の夫とともに、下手人を追うが…。

麻倉一矢

剣客大名 柳生俊平 シリーズ

以下続刊

①剣客大名 柳生俊平 将軍の影目付
②赤鬚の乱
③海賊大名
④女弁慶
⑤象《ぞう》耳《みみ》公方
⑥御前試合
⑦将軍の秘《ひ》姫《め》
⑧抜け荷大名
⑨黄金の市
⑩御三卿の乱
⑪尾張の虎
⑫百万石の賭け
⑬陰富大名
⑭琉球の舞姫
⑮愉悦の大橋
⑯龍王の譜
⑰カピタンの銃

徳川家御一門である久松松平家の越後高田藩主の十一男は将軍家剣術指南役の柳生家一万石の第六代藩主となった。伊予小松藩主の一柳頼邦、筑後三池藩主の立花貫長と一万石大名の契りを結んだ柳生俊平は、八代将軍吉宗から影目付を命じられる。実在の大名の痛快な物語！